くまクマ熊ベアー 3

くまなの

PASH!文庫

スキル

異世界言語
異世界の言葉が日本語で聞こえる。

話すと異世界の言葉として相手に伝わる。

異世界文字
異世界の文字が読める。

書いた文字が異世界の文字になる。

クマの異次元ボックス
白クマの口は無限に広がる空間。どんなものも入れる（食べる）ことができる。

ただし、生きているものは入れる（食べる）ことができない。

入れている間は時間が止まる。

異次元ボックスに入れたものは、いつでも取り出すことができる。

クマの観察眼
黒白クマの服のフードにあるクマの目を通して、武器や道具の効果を見ることができる。

フードを被らないと効果は発動しない。

クマの探知
クマの野性の力によって魔物や人を探知することができる。

クマの地図
クマの目が見た場所を地図として作ることができる。

クマの召喚獣
クマの手袋からクマが召喚される。

黒い手袋からは黒いクマが召喚される。

白い手袋からは白いクマが召喚される。

クマの転移門
門を設置することによってお互いの門を行き来できるようになる。

3つ以上の門を設置する場合は行き先をイメージすることによって転移先を決めることができる。

この門はクマの手を使わないと開けることはできない。

魔法

クマのライト
クマの手袋に集まった魔力によって、クマの形をした光を生み出す。

クマの身体強化
クマの装備に魔力を通すことで身体強化を行うことができる。

クマの火属性魔法
クマの手袋に集まった魔力により、火属性の魔法を使うことができる。

威力は魔力、イメージに比例する。

クマをイメージすると、さらに威力が上がる。

クマの水属性魔法
クマの手袋に集まった魔力により、水属性の魔法を使うことができる。

威力は魔力、イメージに比例する。

クマをイメージすると、さらに威力が上がる。

クマの風属性魔法
クマの手袋に集まった魔力により、風属性の魔法を使うことができる。

威力は魔力、イメージに比例する。

クマをイメージすると、さらに威力が上がる。

クマの地属性魔法
クマの手袋に集まった魔力により、地属性の魔法を使うことができる。

威力は魔力、イメージに比例する。

クマをイメージすると、さらに威力が上がる。

クマの治癒魔法
クマの優しい心によって治療ができる。

装備

黒クマの手袋（譲渡不可）
攻撃の手袋、使い手のレベルによって威力アップ。

白クマの手袋（譲渡不可）
防御の手袋、使い手のレベルによって防御力アップ。

黒クマの靴（譲渡不可）
白クマの靴（譲渡不可）
使い手のレベルによって速度アップ。

使い手のレベルによって長時間歩いても疲れない。

黒白クマの服（譲渡不可）
見た目着ぐるみ。リバーシブル機能あり。
表：黒クマの服
　使い手のレベルによって物理、魔法の耐性がアップ。耐熱、耐寒機能つき。
裏：白クマの服
　着ていると体力、魔力が自動回復する。
　回復量、回復速度は使い手のレベルによって変わる。耐熱、耐寒機能つき。

クマの下着（譲渡不可）
どんなに使っても汚れない。

汗、臭いもつかない優れもの。

装備者の成長によって大きさも変動する。

51　クマさん、王都へ出発する

わたしは貴族の娘のノアの護衛で王都に行くことになり、一緒にフィナを誘った。

護衛に出発する当日、まずはティルミナさんの家までフィナを迎えにいく。

「ユナお姉ちゃん、それで、誰を護衛するのですか？」

「うん？　言ってなかったっけ？　この街の領主の娘さんだよ」

教えてあげると、フィナの顔が真っ青になっていく。

「領主様……それじゃ、これからフォシュローゼ様のお屋敷に行くのですか？」

わたしが頷《うなず》くとフィナは、

「わたし、帰ります」

と言いだすので、逃がさないようにクマさんパペットでフィナの手を摑《つか》む。

「べつに取って食われたりしないから大丈夫だよ。それに護衛対象は娘のノアって娘《こ》だから」

フィナの反応を見ると、やっぱりこの世界だと、貴族と平民では格差が大きいのかな。

でも、貴族っていってもノアは可愛《かわい》らしいいい子だ。

「ノアール様ですか。それでも、わたしなんかが一緒に」

あれ、わたしが名前を愛称で呼んだのに、ノアールって名前が出てきた。

一応、知られているのかな？

「とにかく行こう。ダメだったら、今度2人で一緒に行けばいいよ」

わたしに摑まれているフィナは渋々ついてくる。

領主の館につくと、すでにノアが腰に手を当てて門の前で仁王立《におうだ》ちしていた。

「遅いです！　ユナさん！」

挨拶《あいさつ》前の第一声がこれだった。

「遅れていないでしょう。いつから待っていたの？」

「起きて、朝食のあとすぐですから、1時間ほど前です……」

「早すぎるよ」

「クマさんと旅ができると思うと我慢ができなかったのです」

恥ずかしそうに言う。

反応が可愛い。

「出発する前に、ノアにお願いが1つあるんだけど？」

「なんですか？」

「この子も連れていくけどいい？」

隣でビクビクと緊張しているフィナを指す。

「その子は誰ですか？」

「わたしの命の恩人のフィナ」

「ち、違います。わたしがユナお姉ちゃんに命を救ってもらったんです！」

わたしの紹介をフィナは否定する。

いきなり異世界に放り出されたわたしをクリモニアに案内してくれたんだから、間違っていないと思うんだけど。

「王都に行ったことがないっていうから、連れていってあげようと思ってね。それで、ノアとクリフに許可をもらおうと思ったんだけど」

「わたしは別にかまいません。ただし、クマさんは譲りませんよ」

バシッとフィナに指を突きつける。

「クマには2人で乗ってもらうよ」

「しかたありません。でも、前は譲りません」

再度、バシッとフィナに指をさす。

「それで一応、クリフからも許可をもらいたいんだけど。会えるかな」

流石《さすが》にノアの許可だけで、フィナを連れていくわけにはいかない。

ノアは屋敷の中に入り、クリフを連れてくる。

「かまわないぞ」

「いいの？」

「1人も2人も同じだろう。それに、娘も同じぐらいの娘が一緒のほうがいいだろう」

無事にクリフからもフィナの同行の許可をもらうことができた。

フィナは緊張しながらクリフに挨拶をする。

「フィナです」

「娘をよろしく頼む」

「ひゃい」

「フィナを虐《いじ》めないでよ」

フィナの腕を引っ張り、クリフから守る。

「人聞きの悪いことを言うな。俺は挨拶をしただけだ」

と抗議をするが、貴族という身分がフィナを緊張させるのかな。

「それじゃ、許可も出たし王都へ出発しようか」


わたしたちは門に向かう。

ノアは楽しそうにしているが、フィナは緊張している。

「あなたはフィナと言いましたね」

「ひゃい。フィナでしゅ」

「そんなに緊張しないで。わたしはノアール。よろしくね。フィナ」

「は、はい」

お互いに自己紹介をする。挨拶で緊張が解《ほぐ》れたのか、フィナの表情に笑みが戻る。

街の外にやってくると、わたしはくまゆるとくまきゅうを召喚する。

召喚した瞬間、ノアは嬉しそうにくまゆるに抱きつく。

「くまゆるちゃん、よろしくね」

くまゆるに挨拶をして、同様にくまきゅうを抱きしめて挨拶をする。

2人にはくまゆるに乗ってもらい、わたしがくまきゅうに乗る。

「先ほども言いましたけど、わたしが前ですよ」

「はい。ノアール様」

「それじゃ、王都までよろしくね。フィナ」

ノアはフィナに手を差しだし、フィナは緊張しながらも手を握る。

「はい。よろしくお願いします」

くまゆるの前にはノアが乗り、後ろにフィナが乗る。

2人からは笑みがこぼれている。これなら大丈夫かな。

わたしもくまきゅうの背中に乗る。

「それじゃ、王都に向かって出発！」

今回は慌てることはない旅なので、ゆっくりと王都に向かう。

「うふふ、くまゆるちゃ～ん、王都までよろしくね」

ノアはくまゆるを優しく撫《な》でている。

「ノアール様はくまゆるとくまきゅうを知っていたのですか？」

「ええ、ユナさんにはお屋敷に来てもらったことがありましたので、一度だけ乗せてもらいました。そのときに一緒に昼寝もしました。もう昨日から、今日が楽しみでしかたなかったです」

　２人は仲良く会話をしている。

「それで、フィナとユナさんは、どのような関係なんですか？」

「わたしが初めてこの街に来たとき、森で迷子になっていたのを助けてくれたのがフィナだったんだよ」

　私は簡単にフィナとの出会いを話す。

「そうですけど。わたしが森でウルフに襲われていたのをユナお姉ちゃんが助けてくれたんです。わたしは街に案内しただけです」

「それから、わたしが冒険者になって、魔物の解体ができないからフィナにお願いすることになったのよね」

「はい。お給金ももらえて感謝です」

「フィナ。あなた、魔物の解体ができるの？」

　ノアが驚きの表情をうかべる。

「はい。昔から冒険者ギルドで働いていたので」

「昔からって。あなた今、何歳なの？」

「10歳です」

「わたしと同じじゃない。それで魔物の解体を……」

ノアは驚いたように、後ろに乗っているフィナを見る。フィナは恥ずかしそうにしている。

この世界でも10歳の子供が魔物を解体できるのはおかしいよね。やっぱり、解体できるフィナが特殊なんだよね。


それから、2人はくまゆるの上で仲良くお互いのことを話し合っている。

仲良しなのはいいことだ。

同い年なら貴族とか平民とか関係なく、仲良くしてほしいものだ。

そんな2人の会話を聞きながら、わたしたちはのんびりと王都までの道を進んでいく。

魔物や盗賊《とうぞく》に遭《あ》うこともなく、平和な一日も夕暮れになる。

野宿に最適な場所を探しながら辺りを見回す。

街道から少し外れた場所に木が数本ある。

「あそこでいいかな?」

野宿する場所を決めて木のところまで移動する。

「ユナさん。もしかして、ここで野宿するのですか!?」

「そうだけど。もしかして、宿に泊まれると思った?」

「えっと、はい。村や町が近くにあるときは、宿に泊まっていました。ない場合は、馬車の中で寝ていましたので……」

なるほど。流石はお嬢様。

「なにもない場所で寝るのは初めてです」

「安心していいよ。寝る場所はちゃんとあるから」

「………？」

2人に少し離れるように言って、クマボックスからクマハウスを取り出す。

見た目は相変わらずのクマさん。

でも、大きさはお出かけ仕様になっている。

クリモニアにあるクマハウスより一回り小さい。

そのうえ、前回フィナとタイガーウルフを討伐したときとは造《つく》りが変わっている。

目の前にある新しいクマハウスはクマ2頭が腰を下ろしている。右にあるクマは親グマ、左にあるクマは子グマ。

親グマのほうが家になり、子グマのほうが倉庫、フィナが解体する場所となっている。

入り口は親グマの左足の裏となっている。

あまり大きいと目立つと思ってこの大きさにしたけど、平原にあると十分に目立つ大きさだ。

「ユナさん!?　こ、これは」

ノアがクマハウスを見て驚きの声をあげる。

まあ、アイテム袋からクマの形をした家が出てくれば驚くよね。

「クマハウスだよ。お出かけ用だから、少し小さいけど」

クリモニアにある家に比べてだけど。

「名前を聞いているのではなくて、どこから現れたのかなと。ううん、現れた場所は分かっていますけど、アイテム袋に入るものなんですか？」

「どのくらいの大きさのものまで入るかは分からないけど」

クマボックスにどれほどの大きさのものが入るか検証した。そのときにクマハウスを入れたら入ってしまったのだ。それから、ブラックバイパーも入ったし、実際のところどのくらいの大きさまで入るかは分からない。

「フィナは驚かないの？」

ノアはクマハウスを見ても驚いていないフィナに尋ねる。

「はい、わたしはクマさんの家が出てくるのは、見たことがあるので」

「あと、このことは内緒だから、誰にも話さないでね」

ノアに注意しておく。一応、クマボックスが異常なのは理解しているつもりだ。

「それじゃ、中に入ろうか。一日中移動して疲れたでしょう」

くまゆるとくまきゅうを送還し、親グマの左足の裏から家の中に入る。

「ああ、ノア、悪いけど靴はここで脱いでね」

クマさんの足の部分は玄関になっている。

ノアとフィナにはスリッパみたいな、部屋履《ば》きを用意してあげる。

玄関を過ぎると、居間兼食堂になっている。

部屋の中に入るとノアが驚きの声をあげた。

「なんですか、この家は！」

部屋の中は魔石の光によって明るく照らされていて、広さは一応、10人ぐらいまで入れるようになっている。

「まあ、適当に椅子《いす》に座って休んで。夕飯の用意するから」

キッチンに向かい、フライパンに油を引いて、ひき肉や卵を用意してハンバーグを作る。それと同時進行でサラダも作る。野菜も大事だからね。

ハンバーグが焼けたころに、宿で作ってもらった温かいままのスープを皿によそい、作りたてのパンを皿にのせる。そして、コップに果汁を注いで終了。

出来上がった料理をテーブルに運んであとは食べるだけ。

「ユナさん、これは」

「夕飯だけど。お屋敷のような料理を望んでいるようだったら無理だよ」

「いえ、そんなことを思っているわけじゃありません。むしろ家の料理よりも美味《おい》しそうな匂《にお》いがするんですすけど」

「そう、ならよかった。温かいうちに食べよう」

ノアとフィナの2人は食べ始める。

「なんですか。この美味しい食べ物は」

「ハンバーグだけど」

「はんばーぐ？」

「そうだけど、この国じゃ食べないの？」

「食べないの？　と言われても、初めて食べました」

「そうなの。ウルフや牛や豚の肉を細かくするだけなんだけどね」

一般的な食べ方は普通に肉を焼くだけなのかな。

「ユナお姉ちゃん。わたしのうちでも作れますか？」

「作れるけど、ソースを作るのが難しいかも。大根おろしも美味しいけど」

「今度、教えてください。家族みんなに食べさせたいので」

「いいよ」

「わたしも」

フィナに続いてノアまでもが申し出る。

「ノアは必要ないでしょう。お料理はお抱えの料理人が作ってくれるんだから」

「そうですけど。なんか、のけ者にされている感じがするのが嫌《いや》です」

「とりあえず、教えるにしても街に帰ってからね」

「このスープも美味しいです」

「それは宿で作ってもらったものだよ」

「このパンは？」

「美味しいパン屋を見つけたから買っておいたんだよ」

そんなこんなで会話をしながら食事が終わる。

この一日でフィナとノアは普通に会話をする程度には仲良くなっていた。

「それじゃ、食後休んだらお風呂に入って。日の出と同時に出発するから早く寝るんだよ」

「はい、分かりました」

「そんなに早く出るんですか？」

家事や仕事のためにいつも早起きのフィナ。貴族でのんびり朝を迎えるノア。2人の反応は見事に分かれた。

「この家を他の人に見られたくないからね。夜なら他の人も寝ているだろうし。だから、見られる前に早く出発するよ」

「分かりました。あと、お風呂って聞こえましたけど、聞き間違いですよね？」

ノアは耳を擦《こす》りながら、尋ねてくる。

「聞き間違いじゃないよ。お風呂はあるから、ちゃんと温まってから寝るんだよ。お風呂の使い方は……フィナ、教えてあげて」

「わたしの常識が崩《くず》れていきます」

そんなノアを、フィナはお風呂に連れていく。

その間にわたしは食事の後片付けをする。

まあ、お皿とコップを洗うだけだけど。

2人が出てくると、ドライヤーを渡して、髪を乾かすように言う。

その間にわたしもお風呂に入る。

お風呂から出てくると、2人が待っていた。

「寝ていないの？」

「どこでですか？」

ああ、部屋割りをしていなかったと思い出す。

1階には食堂兼居間、キッチン、トイレ、お風呂がある。

2階には小さな部屋が3部屋ある。

1つはわたしの部屋。

残りの2つがお客様用になっている。

お客様用の部屋にはそれぞれベッドを3つずつ置いてあり、合計で6人まで寝ることができる。

「どうする？　別々の部屋で寝る？」

部屋を見ている2人に尋ねる。

「わたしはどちらでも。ノアール様にお任せします」

「寝る前におしゃべりもしたいし、同じ部屋で寝ようか」

「はい」

「おしゃべりもいいけど、早く寝るんだよ」

2人に夜更かしをしないように注意して、わたしは自分の部屋で寝ることにする。

注意をした本人が寝坊でもしたら、恥ずかしいからね。

52 クマさん、襲われている馬車を見つける

翌朝、日が出る前にベッドから起き上がる。

外はまだ薄暗い。

本来なら肌寒いかもしれないけど、クマさん服のおかげで寒さは感じない。

白クマから黒クマに着替えて、1階に下りる。

「ユナお姉ちゃん、おはようございます」

フィナがすでに起きていた。でも、ノアの姿は見えない。

「おはよう。ノアは？」

「起こすのが可哀想《かわいそう》だったので、まだ寝てます」

「それじゃ、わたしが朝食を用意するから、ノアを起こしてきて」

フィナにノアのことを頼み、昨日飲んだスープとパンを朝食として用意する。

眠そうなノアが食堂にやってくる。

「おはようございます」

「眠そうだね」

「いつもはまだ、寝ている時間です」

まあ、わたしもいつもなら寝ている時間だ。

でも、今日はちゃんと起きた。

「朝食をとったら、出発するよ」

「はぁーい」

ノアは欠伸《あくび》をしながら返事をする。

そんな様子をフィナは微笑《ほほえ》みながら見ている。


食事を終えたわたしたちは、王都に向けて出発した。

王都に向けての旅は盗賊《とうぞく》に襲われることも、魔物に出くわすこともなく平和なものだった。

途中で村を見つけると、新鮮な野菜などを購入した。

基本、移動中は寝ていることが多い。くまゆるとくまきゅうに乗っていると、落ちることもないから、安心して寝ていられる。

ノアも朝が早かったためか、くまゆるとくまきゅうの背中の上が気持ちいいのか、よく寝ている。

王都へ進む道のりは順調に進んでいた。

クマの探知スキルもあるので、魔物にいきなり襲われることもない。

「ちょっと、止まって」

くまゆるとくまきゅうを止める。

「どうかしたんですか？」

「前方に人と魔物がいる」

「本当ですか!?」

ここからでは視認できないが、クマの探知スキルで分かる。

探知スキルには進む先に人と魔物の反応がある。

「ユナお姉ちゃん、どうするの？」

「人が襲われているなら、助けにいかないと」

魔物の反応はオークだ。

問題なく倒すことができる。

でも、わたしとしては、ノアとフィナの2人を危険なところに連れていきたくない。

「ユナお姉ちゃん」

フィナが心配そうに前に座るノアの服を摑《つか》んでいる。

このまま見捨てるのも後味が悪い。それに2人は状況を知ってしまった。

もし、襲われている者が死ぬようなことがあれば、悲しむかもしれない。

「ちょっと、助けにいってくるよ。2人は魔物が襲ってくるかもしれないから、絶対にくまゆるから離れちゃダメだよ。くまゆるも2人をお願いね」

「くぅ～ん」

「ユナお姉ちゃん、無理はしないで」

「ユナさん……」

「大丈夫だよ」

心配そうな2人を残して、くまきゅうを走らせる。

馬車がオークに襲われている。

馬車の周辺では冒険者らしい者が戦っている。だから、反応が消えてなかったみたいだ。

一瞬、冒険者を見て安堵《あんど》するが、数に押されているみたいだ。

「1、2、3、………8」

オークが8体。

戦っている冒険者は4人いる。

魔法使いの格好《かっこう》をした冒険者が1体のオークに押し倒されている。

剣士は馬車の横で2体のオークと戦っている。

残りの2人が少し離れた位置で5体のオークに囲まれている。

わたしはくまきゅうから飛び降りて、一番危険な状態の魔法使いのところに向かって駆けだす。

地面を蹴《け》って加速をつける。

地面に倒れている魔法使いは逃げようとするがオークが魔法使いの足を掴《つか》んで逃がさない。

オークは左手で魔法使いの足を掴《つか》み、右手に持っている棍棒《こんぼう》を振り下ろそうとする。

まずい。

手に魔力を集めて、オークに向けて風の刃《やいば》を飛ばす。

わたしの存在に気づいていないオークの太い首は、風の刃によって切り落とした。

魔法使いは何事かと周辺を見回して、わたしの存在に気づく。

「クマ!?」

わたしのクマの格好を見て驚く魔法使いの横を走りぬけ、次のターゲットに向かう。1人で2体のオークから馬車を守っている女性剣士がいる。

オークは剣士と対峙《たいじ》しているため、わたしから見れば背後ががら空きだ。

ただ、オークの先には剣士と馬車があるため、強くなった風の刃だと、剣士と馬車まで斬ってしまうかもしれない。

わたしは土魔法を使い、オークの下半身に土に纏《まと》わりつかせ、オークの動きを止める。

「なに!?」

剣士が驚く。

「オークの動きを封じたからあとは自分で止《とど》めをさして!」

剣士はすぐにわたしの言葉を理解して、オークの横に回りこみ斬りかかる。

次にわたしは、馬車から離れて5体のオークと戦っている冒険者たちのもとに向かう。

2人は囲まれているため、風の刃は先ほど同様に使えない。

土魔法を使って下半身の動きを封じても、囲まれているために2人は逃げられない可能性がある。

手に魔力を集める。風の刃でなく、空気の塊《かたまり》を作るイメージを描く。

そして、その空気の塊をオークに向けて放つ。

同時に5発。

空気弾はそれぞれのオークの体に当たり、後方に吹き飛ばした。

吹き飛ばされたオークの体に冒険者が巻き込まれたのはしかたない。

殺されるよりはいいよね。

倒れたオークたちが立ち上がり、冒険者も立ち上がろうとする。

「危ないから、そのまま伏せてて！」

冒険者に向かって叫ぶ。

立ち上がったオークに向けて大きな風の刃を横一閃《いっせん》に飛ばす。

オークの大きな体が真っ二つになって崩《くず》れ落ちる。その先には地面に倒れていた冒険者の2人がいる。

冒険者はオークの血によって血まみれになってしまった。助けてあげたんだから、怒らないよね。

オークをすべて倒し終え、血まみれの冒険者に近づく。

「大丈夫？」

「クマ？」

髪の長い女性冒険者が立ち上がり、剣を鞘《さや》に納める。

もう一人の女性冒険者も周辺の確認をする。

「えっと、あなたが助けてくれたの？」

「一応ね」

2人はわたしの格好を不思議そうに見ている。

「その、ありがとう。助かったわ」

「たまたま通りかかっただけだから、気にしないでいいよ」

2人はオークの血によってひどい有様だが、怒っている様子はない。

ちょっと可哀想かもしれないけど、今回は緊急事態だったからしかたないよね。

「マリナ！」

馬車の近くで戦っていた冒険者が駆け寄ってくる。

「大丈夫か？」

「ええ、大丈夫よ。そのクマの格好をした女の子に助けてもらったから。そっちは」

「わたしもエルも、その女の子に助けてもらったから大丈夫だ」

その言葉に、髪の長い女性は安堵の表情を浮かべる。

「そう、エルたちも無事なのね。改めてお礼を言うわ。助けてくれてありがとう」

「間に合ってよかったよ」

もう少し悩んでいたら、危なかったかもしれない。

「わたしはこのパーティーのリーダーをしているマリナ、そっちの大きな剣を持っているのがマスリカ、そっちが」

「イティアよ」

初めに助けた魔法使いはエルという名らしい。

オークはそのままにして、一度馬車に戻る。

その戻る途中にくまゆるとくまきゅうを呼ぶ。

念話か、原理はよく分からないけど、離れていてもくまゆるとくまきゅうに指示を出すことはできる。

「エル、大丈夫？」

「ええ、大丈夫よ。もう少しで、殺されるところだったけど」

摑まれたせいか、服は破け、白い肌が見えている。

手で隠しているが胸が大きいため手から溢《あふ》れている。

わたしの敵か！

「あなたのおかげで殺されずにすんだわ。ありがとう」

わたしの格好を見ながら、なんともいえない顔でお礼を言われる。

たぶん、わたしの格好について、いろいろと尋ねたいのを我慢しているのだろう。

「あれはなに!?」

周りを警戒していたマリナが叫ぶ。

「クマだ!」

その瞬間、冒険者たちは剣に手をかける。

「ちょっと待って、クマの上に女の子が乗っているわ」

くまゆるの上にはノアとフィナが乗っている。

「わたしのクマだから、大丈夫だよ」

「あなたのクマ」

冒険者たちはわたしの格好とくまゆるとくまきゅうを見て、納得したのか戦闘態勢を解《と》く。

「ユナさん! 大丈夫ですか!」

「ユナお姉ちゃん、大丈夫?」

「大丈夫だよ」

「よかった」

2人がくまゆるから降りて、わたしのところにやってくる。わたしは2人の頭の上にクマさんパペットを置いて、安心させてあげる。

2人は少し震《ふる》えていた。

2人とも10歳の女の子なんだからしかたない。

53　クマさんと一緒

「おまえさんが助けてくれたのか」

フィナたちの頭を撫《な》でていると、後ろから声をかけられた。

振り向くと年老いた男性と女の子がいた。女の子はフィナたちよりも少し小さいかな？

2人はノアのような、綺麗《きれい》な服装をしている。ということは貴族か、それとも裕福な家庭なのかな？

冒険者を護衛につけるぐらいだし。

「オークの件を言っているならそうだけど」

「そうか、なら、わしからも礼を言わないとならんな。わしはグラン・ファーレングラムじゃ。孫娘共々助けてもらい感謝する」

グランと名乗ったお爺《じい》さんは頭を下げて礼を述べる。

「冒険者のユナだよ。助けたのはたまたま通りかかっただけだから気にしないでいいよ」

「それにしても、おまえさんは変な格好《かっこう》をしておるな」

グランさんはわたしのクマの格好を見て思ったことを言う。

今まで、わたしの格好を気にしていた冒険者たちも、頷《うなず》いている。

「気にしないでもらえると助かるよ」

着ぐるみの格好を説明できないわたしは、そう返答する。

「でも、オークを簡単に倒すとはな。それと、そこにいるのはクリフのところの娘だったか」

グランさんはノアのほうを見る。知り合いみたいだ。

「グランお爺様。お久しぶりです、ノアールです」

ノアが貴族らしく挨拶《あいさつ》をする。

グラン様ってことはやっぱり貴族なのかな。

「そうか、ノアールだったな。1年ぶりか。大きくなったな。クリフはいないのか」

周りを見回すグランさん。

「父は仕事があるので、まだ街に残っています。わたし一人で母がいる王都に行くように言われました」

「それでは、一人でここまで来たのか」

「はい。でも、護衛のユナさんがいますから大丈夫です」

ノアがわたしに目を向けると、グランさんもわたしに目を向ける。

「クリフの奴も、変な格好をしているが、いい冒険者をつけてくれたみたいだな」

何度も〝変〟〝変〟と連呼しないでほしい。

「ミサ、久しぶり」

ノアはグランさんの側《そば》にいる女の子に近寄る。

年齢はノアよりも少し下かな。銀色の長い髪が綺麗な女の子だ。

「ノアお姉様、お久しぶりです」

「ミサも王都に？」

「はい、お父様とお母様は先に王都に行っているので、お祖父《じい》様と一緒に王都に向かってました」

お姉様。なにか、いい響きだね。わたしも一度はユナお姉様とか言われてみたいものだ。

想像してみると、むず痒《がゆ》くなる。うん、それに恥ずかしい。

「話しているところをすまないけど、ちょっといいかしら」

オークの血を洗い流して、綺麗になったマリナがやってくる。

「オークをこのままにしておくと、仲間や、死体を食べに他の魔物が来るかもしれない。

オークを処理したいんだけど」

「処理って？」

「倒したのはあなただけど、それはわたしたちが戦っているところを後ろから攻撃したことで倒しているわ。だから、わたしたちも取り分が欲しい」

ああ、そういうことね。

オークの素材がどのくらいの価値になるか分からないけど、冒険者としては取り分は欲しいよね。

「わたしの分はいいから、自由にしていいよ」

「本気で言っているの？　あなたが倒したのは6体よ。それにイティアが倒した2体もあなたのおかげだし」

まさか、全部もらえると思っていなかったらしい冒険者たちはわたしの言葉に驚く。

「それにわたしたちが倒したオークもあるから、全部はもらわなくても」

わたしが来る前にすでに数体のオークが倒されていた。10体のほどのオークに襲われていたみたいだ。

「わたしたちは先に王都に行くから、好きにしていいよ」

わたしはくまきゅうに近寄ると飛び乗る。

「ノア、フィナ、行くよ」

もう、わたしたちがここにいる必要はない。

「ちょっと待ってくれ」

グランさんに呼び止められる。

「同じ王都に行くなら一緒に行かないか？」

同行を申し出る。わたしは少し考えてから返答する。

「メリットがないから断るよ」

馬車とくまゆるとくまきゅうの速度では違いすぎる。

「護衛料なら払う」

「護衛なら彼女たちがいるでしょう。それに彼女たちに失礼じゃない」

近くにいる冒険者に聞こえるように言う。

わたしを雇うということは、彼女たちを信用していないことになる。

「別にマリナたちの力を信用してないわけじゃない。王都に向かう道でオークの群れに遭遇するなんて本来ならありえないことだ」

そうなの？

確かに、ここに来るまでに魔物との遭遇は一度もなかった。

「孫のミサのために一緒に行ってほしい。ここまでの数日、馬車の中にいるだけだったから退屈しておった。だから、知り合いのノアール嬢がいれば王都に行く道のりも楽しくなると思ってな」

う〜ん、どうにか断りたい。メリットがなさすぎる。

クマハウスは信用できる人以外には教えたくないから、一緒に行くと使えない。クマハウスが使えないとお風呂もベッドも使えなくなる。

それに、一緒に行くと、確実に速度が落ちる。これが一番のデメリットだ。

どうしたらいいかな？

依頼者はクリフだから、クリフがいれば指示を仰《あお》ぐんだけど、クリフはいない。

だから、護衛対象で依頼主の娘でもあるノアの意見を尋ねることにする。

「ノア、あなたはどうしたい？」

「わたしですか？」

「雇い主はノアの父親、クリフだからね」

そう言ってから、ノアの耳もとで囁《ささや》く。

「ちなみに、一緒に行くと、クマハウスは使えないからね」

知らない人の前でクマハウスを出すつもりはない。

「だから、お風呂とかベッドは使えないよ」

わたしがクマハウスが使用できないことを伝えると、ノアはお風呂、ベッド、お風呂、ベッド、……と呟《つぶや》いている。

今、ノアの頭の中で、「お風呂&ベッドVSミサ」が戦っているみたいだ。

う〜ん、う〜んと唸《うな》って、ついに戦いに決着がつく。

「ユナさん。ミサのことも心配だし、一緒に行こうと思うけどいいですか？」

クマハウスVSミサの戦いはミサが勝利したらしい。

「ノアが決めたのならいいけど、いくつか条件があるよ」

「なんですか？」

「クマハウスのことはもちろん内緒。あと倒せないと思った魔物が現れた場合、みんな残してわたしたち3人は逃げる。それだけは覚悟して」

これだけは譲れない。わたしだって無敵ではない。ドラゴンとか倒せない魔物だっているかもしれない。そうなれば他の人たちを守る余裕はない。

「わ、分かりました」

わたしはグランさんのほうを振り向く。

「相談は終わったか」

「一緒に行くことになったよ」

「そうか。助かる」

グランさんはもちろん、ミサもノアが一緒に行くことに喜んで、ノアのところに駆け寄る。

「そういうわけだからフィナ、彼女たちの解体を手伝ってあげて。早く出発したいから」

「分かりました」

フィナはオークを解体している冒険者たちのところに向かって駆けだす。

「それで、そのクマはおまえさんのクマなのか？」

グランさんがくまゆるとくまきゅうを見て尋ねてくる。

「わたしの召喚獣だよ。だから、安全だから危害は加えないでね」

「召喚獣か」

グランさんはくまゆるとくまきゅうを見る。同様にミサも興味深そうに見ている。

ノアは、そんなミサの手を引っ張って、くまゆるとくまきゅうのところに向かう。

ミサは怖がりながらもついていく。

「黒いほうがくまゆるちゃんで、白いのがくまきゅうちゃんです」

ノアが名前を教えるとミサはゆっくりとくまゆるに近づく。

「怖くないから大丈夫ですよ」

ノアは証明するようにくまゆるを撫でる。それを見たミサも一緒にくまゆるに触れる。

「柔らかいです」

「でしょう。この肌触りが良くて、寝心地なんて最高なんですよ」

ノアはくまゆるを抱きしめる。

無事にくまゆるとくまきゅうも受け入れられる。

しばらくすると解体を終えたマリナたちとフィナが戻ってくる。

「あの子、解体上手なのね。手伝ってもらって助かったわ。それで、本当にいいの？　わたしたちが全部もらって」

「いいよ。それから、王都まで一緒に行くことになったから、よろしくね」

「ええ、こちらこそ、よろしくね」

マリナは出発する前に馬車の確認をする。幸いにも馬車は無事だったため、すぐに出発できるようだ。

確認を終えたマリナが御者台《ぎょしゃだい》に座り、その隣に剣士のマスリカが座る。

残りの者は馬車の中に乗り込む。

馬車の中は6人ほどが座れるスペースがあり、対面式になっていた。

中にはグランさん、ミサ、ノアが乗り、残りのスペースにはエル、イティアが乗る。2人は左右、後ろを確認している。

護衛は外でするものなんじゃない？　と思ったけど、馬があるならともかく、流石《さすが》に剣や革鎧《かわよろい》などを装備して、馬車と同じ速度で長時間歩くことはできない。

もし、1日10時間ぐらい歩くことを考えると、くまゆるとくまきゅうに感謝しないとダメだね。

それにそんなに歩いたあとに魔物に襲われでもしたら、疲労で戦闘にならない。

馬車に乗るとき、ノアはフィナにバシッと指を差して宣言する。

「今回はクマさんを譲ってあげますけど、そこはわたしの指定席ですからね」

そう言い放って馬車に乗り込んでいった。

いや、くまゆるもくまきゅうもわたしの召喚獣なんだけど。

出発の準備も整え、馬車は動きだす。その横をくまゆるに乗ったフィナ、くまきゅうに乗ったわたしが続く。

わたしとフィナは馬車の後ろからついていくかたちだ。

トコトコトコトコ。

う〜ん、スピードが遅い。

この速度でここから王都までどのくらいかかるのかな？

一緒に行くと決めたのだからしかたないけど。

魔物の確認はくまゆるとくまきゅうに任せて、わたしはくまきゅうの上で昼寝でもすることにする。

天気もよく、くまきゅうの温かさが眠りを誘ってくる。

出発してから日が沈むまで何事もなく馬車は進む。


リーダーのマリナが止まるように指示を出す。

なにもない王都に続く道の傍《かたわ》らに馬車が止まる。

どうやら、ここで野宿をするらしい。

マリナ率いる冒険者たちは、それぞれに食事と寝床の準備を始める。

クマハウスを出したくなるが我慢する。

とりあえず、フィナとノアを呼び、こちらも食事の用意をする。

ミサは向こうで食べるそうだ。

ちなみにミサは愛称で、名前はミサーナらしい。

まあ、食事の用意といっても、クマボックスから簡単な食事を出して終わりだけど。

マリナたちもアイテム袋から携帯食を取り出して食べるぐらいだ。

違いは、わたしのパンは焼きたてで柔らかく温かい。

少しだけ優越感を味わいながら食事をする。

　さあ、寝る時間がやってくる。

　明日は日の出と同時に出発するとのこと。それはいつものことだから問題はない。

　寝る準備を始めようとしたら、マリナがやってくる。

「見張りの順番を決めたいんだけど」

　野宿には見張りという睡眠の敵が存在していた。

「見張りなら、この子たちがいるから大丈夫だよ」

　くまゆるとくまきゅうを指す。

「魔物や人が近寄ってくれれば、この子たちが教えてくれるから」

「そうなの？」

「だから、見張りは必要ないけど。もし、心配ならそっちでやってもらえる？」

「そのクマを信用していいの？」

　くまゆるとくまきゅうを見る。

「信じるか信じないかはマリナたちの自由だよ」

　わたしにはそれしか言えない。

　すべては相手次第だ。

「分かったわ。見張りはこっちでやるわ」

　マリナは馬車に向かう。

「ノアはどこで寝る？」

無事に今夜の睡眠を守ったわたしはノアに声をかける。

「どこと言いますと？」

「ミサと一緒に寝るか、くまゆるとくまきゅうと一緒に寝るか」

「な、なんですか。そのくまゆるちゃんたちと一緒に寝るって」

震《ふる》える声で尋ねてくる。

「夜は寒いし、危険でしょう。くまゆる、くまきゅうおいで」

くまゆるとくまきゅうを呼んで、座らせる。

次に実演者としてフィナを呼び、毛布で包《くる》む。

包んだフィナを座ったくまきゅうのお腹《なか》のところに寄りかかるように寝かせる。

左右の手がフィナを抱きかかえるようにして、はい、題名『クマさんと一緒』が完成する。

「な、なんですか、この素晴らしい、寝方は」

「これなら、寒くないでしょう」

「ミサにこちらで寝ることを伝えてきます。フィナ！　わたしの場所は空けておいてね」

ノアはミサのところに行き、すぐに戻ってくる。

でも、なぜかミサと一緒に。

「ユナさん。ミサもくまゆるちゃんたちと一緒に寝たいと」

「わたしもクマさんと一緒に寝てもよろしいでしょうか。今日、ノアお姉様にクマさんの素晴らしさをたくさん聞きました。わたしもクマさんと一緒に寝たいです。お願いします」

まっすぐに純粋な目で見つめてくる。

ノアよりも小さいミサのお願いをダメとは流石に言えない。

「いいよ。2人はくまゆると一緒に寝て。わたしとフィナは、くまきゅうと一緒に寝るから」

「ユナさん、ありがとう」

「ありがとうございます」

ノアとミサが嬉しそうに礼を言う。

2人は早速、毛布に包まり、寄り添《そ》いながら、くまゆるのお腹に入る。

「くまゆる。危険が迫るまで2人を起こしちゃダメよ。くまきゅうは魔物や人が近づいてきたら教えて」

くまゆるとくまきゅうにお願いをする。

そして、フィナにくまきゅうのお腹を半分譲ってもらい寄りかかる。

う～ん、温かい。

くまきゅうの腕を抱きしめながら寝ることにする。

「フィナおやすみ」

「はい、おやすみなさい」

54　クマさん、盗賊《とうぞく》を捕まえる

深夜、くまきゅうが動くことで目が覚める。

「くまきゅう？」

目を擦《こす》る。

隣でフィナが静かに寝ている。

「くぅ〜ん」

くまきゅうが遠くを見る。

起こさないように探知スキルを使う。

少し離れた位置に人がいる？

しばらく見るが動く気配はない。

う〜ん、寝る前に確認したときにはいなかった。

くまきゅうが反応したってことは、ついさっき現れた？

「くまきゅう、動いたら教えて」

その位置で野宿をしているだけかもしれないので、くまきゅうに頼み睡眠に戻る。

その後はくまきゅうの反応もなく、朝まで起こされることはなかった。

朝起きて探知スキルを使うと、深夜確認した場所から動いていない。

朝食を軽くすませ、日の出と同時に出発する。

魔物に襲われたくないので、探知スキルで周辺を確認する。

人の反応が後ろからついてきている。

休憩で止まると、相手の反応も止まる。

休憩が終わり、動くと相手も動きだす。

後ろからついてくる反応は一定の距離を取っている。

うーん、怪しいけど、どうなのかな?

でも、こうも同じ速度で尾《つ》けられるといい気がしない。

この場合、考えられるパターンは2つある。

1つはわたしたちを護衛扱いしている場合。

前方から来る敵がいればわたしたちに対処させて、後ろから襲われたら、わたしたちのところまで走って、わたしたちに魔物を押しつける。

そして、もう1つはわたしたちが狙《ねら》われているパターンだ。

ついてきているのは偵察者で、襲うタイミングや、仲間が集まるのを待っているパターンだ。

どっちが正解なのかはこの時点では分からない。

馬車は止まり、今日はここで野宿をすることになったみたいだ。

探知スキルで確認すると、やっぱり止まっている。

これは一応報告しておいたほうがいいかな？

「マリナ、ちょっといいかな」

「なに？」

野営の準備をしているマリナがわたしのほうを見る。

わたしはあとをついてきている人影について話し、自分の考えも伝える。

「確かに、前にいる馬車とかについていく場合もあるけど、ひと言断って、同行させてもらうのが普通よ。でも、人によってはお金を要求される場合もあるから、離れた位置でついてくることもあるわよ」

「それじゃ、大丈夫なの？」

「なんとも言えないわね。監視している可能性もあるわ。でも、そんなことが分かるの？」

「あの子たちが教えてくれるからね」

探知スキルのことは言わずに、くまゆるとくまきゅうの能力ってことにする。

間違いではないので問題はない。

「それで、どうする？」

「本当なら、そのついてきている人影の確認をしたいけど、無駄でしょうね」

「そうなの？」

「あとを尾ける者は、気づかれてもいいように普通の格好《かっこう》をしているから、外見だけじゃ判断がつかないわ」

まあ、それはそうか。「自分は悪人ですよ」って格好をして歩いているバカはいないか。

「ユナ、あなたが強いのはオークとの戦いで分かったけど、あのクマも戦力に入れても大丈夫？」

「ノアたちを守らせるから、あまり、戦力にならないよ」

マリナは首を横に振る。

「召喚獣たちにミサーナ様やグラン様の護衛をお願いしてもいい？　そしたら、わたしたちも戦いやすいんだけど」

確かに、護衛対象を守りながら戦うのは、難しい。

わたしとしてはフィナたちを危険な目に遭《あ》わせたくない。

だから、襲われそうになったら、一人で処理するつもりでいる。

ただ、マリナたちには襲われる可能性がある心構えをしてほしかったのだ。

情報もなく襲われるのと、情報があって襲われるのでは天と地ほどの差がある。

「いいよ。ミサたちも守るようにする。全員、馬車の中にいれば守りやすいし」

「助かるわ。それじゃ、もしものときのためにグラン様にはわたしから報告をしておくわ」

マリナはお礼を言うと、仲間のところに戻っていく。

それから、夕食をとり、寝る準備を始めた。

「ユナさん、本当に襲われるのでしょうか」

食事のときマリナから全員に報告があり、襲われた場合はノア、ミサ、フィナは馬車に入るように指示があった。

「みんな心配しないでいいよ。なにがあってもこの子たちが守ってくれるから」

くまゆるとくまきゅうが「くぅ〜ん」と鳴いて返事をする。

「それにわたしが負けると思う？」

ノアとフィナはマリナ以上にわたしのことを知っている。

「だから、安心して寝てていいよ」

「ユナお姉ちゃん、無理はしないでください」

「大丈夫だよ。マリナも言っていたけど、ちゃっかりわたしたちを護衛代わりにしている普通の旅人かもしれないし」

「だったら、いいんですが」

不安そうなフィナの頭を優しく撫《な》でてあげる。すると、羨《うらや》ましそうにノアとミサが見ているので、同じように頭を撫でてあげる。

これで不安が取れれば安いものだ。

「明日の朝も早いんだから寝なさい」

「はい、ユナお姉ちゃん、おやすみなさい」

「ユナさん、おやすみなさい」

「おやすみなさい」

3人はくまゆるとくまきゅうに抱かれて寝始める。

マリナたちのほうを見ると、全員がどこか不安そうにしている。

それじゃ、わたしも後のことはくまゆるとくまきゅうに任せて寝ることにする。

実際に襲われるかどうかは分からないし、睡眠は大事だからね。


体が揺れる。

目を覚ますと、くまきゅうがわたしの体を揺すっていた。

「くまきゅう？」

徐々に目が覚め、寝る前のことを思い出す。

そうだった。襲われる可能性があったんだ。

くまきゅうが起こしてくれるってことは、そうなのかな？

わたしは探知スキルを使う。

おお。いるわ、いるわ。どんどん集まってくる。
10、20、25人ぐらいいるね？
冒険者の護衛4人に25人って多くない？

この異世界は、強い者が一人いれば、全てを倒すことができる世界だ。

フィナを起こさないようにくまきゅうから抜けだす。

フィナは気持ちよさそうに寝ている。

もし、盗賊が来たら、みんなを守るようにくまゆるとくまきゅうにお願いする。

もっとも来させる気はないけどね。

「もしかして、来たの？」

マリナたちがやってくる。

「起きていたの？」

交代で見張りをすると思っていたけど、全員起きているとは思わなかった。

「襲われるかもと言われたら、眠れないわよ」

だからといって、全員で起きていることはないと思う。

杞憂《きゆう》の可能性だってあったんだから。でも杞憂ではなかった。

「この先にかなりの人数が集まりだしているみたい」

「みんなを起こして馬車の中に」

マリナが寝ているみんなを起こそうとするのをわたしが止める。

「寝かせてあげて。わたし一人で行ってくるから」

「一人って……」

マリナたちは心配をしてくれる。

「大丈夫だよ。もし取り逃がしたのがいたらお願いね」

フィナたちがいるここに来させるつもりはないけど、念のためお願いをしておく。

「ユナが強いのは知っているけど」

人数はいるとしても、その中に強い人いるのかな?

ゴブリン並みなら問題はないし、強い者がいるならなおさら、フィナたちの側《そば》に近づけたくない。

「わたしもついていく」

「マリナ!?」

仲間の冒険者が驚く。

「足手纏《あしでまと》いだよ」

本音を言う。はっきりいって足手纏いでしかない。

「……本当に一人で大丈夫なの?」

「大丈夫だよ」

あの集まっている中に、タイガーウルフやブラックバイパー以上に強い者がいるとは思えない。

「分かったわ。こっちのことは任せて」

「みんなをよろしくお願いね」

くまゆるとくまきゅうに抱かれているフィナ、ノア、ミサを見る。

3人は気持ちよさそうに寝ている。

この寝顔を守らないとね。

わたしはあとをくまゆるとくまきゅうに頼み、暗闇の中を走りだす。

探知スキルで反応がある場所に向かって走る。

暗闇の中を走っていて気づいたことがあった。

周辺がよく見える。もしかしてクマ装備のおかげかな？

たまに、よく分からない能力が付加されているみたいだから、今度、暇なときにでも検証しよう。

視界に人を捉える。こんな夜中にもかかわらず、火も焚《た》かずに暗闇の中に集まり、剣を握りしめている姿が見え、物騒な会話も聞こえてくる。

盗賊で間違いないよね。

これなら、襲われる前に襲っても問題はないよね。

わたしは油断している盗賊に向かって走る。

クマの靴は音をたてず、さらに黒クマの服が暗闇に溶け込む。

わたしは魔法の準備をする。

「なんだ？」

気づいたときには遅い。

すでに魔法が発動している。

空気の塊《かたまり》に盗賊を襲わせる。

馬に乗っている者は馬から落として後方に飛ばす。馬の側にいる者は馬を避《よ》けて後方に転がす。

馬は悪くないからね。

空気の塊は盗賊団を一か所に集める。

次にすかさず土魔法を発動させる。

倒れている盗賊を囲むように無数の土棒《つちぼう》が地面から突き上がる。

盗賊は起き上がり逃げだそうとするが、土棒が邪魔して逃げることはできない。

右も左も前も後ろも逃げ道はない。

あるのは上だけ。

だが、その上も蓋《ふた》をするように土魔法で塞《ふさ》ぐ。檻《おり》の完成だ。

「くそ、剣でも壊れないぞ。誰か、魔法を使え！」

盗賊の何人かが魔法を使うが檻によって弾かれ、檻の中が反射した魔法によって大変なことになる。

「魔法はやめろ！　死ぬぞ！」

「くっそ。いったい、なにが起きているんだ」

「誰か、光魔法を使え」

その光に照らされて見えたものは、檻に閉じ込められている自分たちの姿だった。

「こんばんは。盗賊のみなさん」

話しかけられてやっとわたしの存在に気づく。

「クマ？」

「なんだ、その格好は」

「これは貴様がやったのか！」

「ここから出しやがれ！」

「おまえは、クマの上に乗っていたクマ」

わたしのことを知っている者がいる。彼がわたしたちのあとを尾けていたのかな。

クマがいるって知っていて、よく襲おうと思ったものだ。でも、魔法使いがいればクマぐらい倒せると思ったのかな。

「俺たちにこんなことして、ただですむと思っているのか！」

バカなのかな、アホなのかな。自分たちの置かれている状況が理解できていないみたいだ。

檻に入れられているのになにかできると思っているのかな？

とりあえず、水魔法で盗賊たちに水をかけ黙らせる。

「今度口を開いたら、火を撃ち込むからね」

「うるせえ。俺たちがザモン盗賊団と知って……」

「ファイヤー」

炎の塊を檻の中に放り込む。

「あち、あち。貴様なにしやがる！」

中にいる魔法使いが水を出して火を消す。

「口を開いたら、火を撃ち込むって言ったでしょう。バカなの？　アホなの？」

「貴様ぁ……」

なにか言いたそうにしているが口を開こうとしない。

わたしは土魔法で檻を地面ごと50ｃｍほど宙《ちゅう》に浮かす。

中にいる盗賊たちは地面が浮かび上がって、バランスを崩《くず》して倒れる者もいる。

騒ぐが無視する。

次に浮き上がった部分に車輪をつければ動く檻の完成だ。

もちろん、乗り心地は考えていないので、スプリングなど振動を和《やわ》らげるものはつけていない。

だから、でこぼこ道ではかなり揺れると思うが、檻には必要ない。

あと、この移動式の檻を動かす動力源が必要になる。

動力は馬で、とも思ったが、魔法のせいで馬は全て逃げてしまった。

だから、次の動力源を考える。案はすぐ思いついたが、目立つのが問題だ。

でも、これしかないからしかたない。

「出《いで》よ。クマ！」

土魔法を発動させ、土のクマのゴーレムを作りだす。

高さが3ｍほどあるクマのゴーレムだ。

タイガーウルフやブラックバイパーを討伐したときに作りだした炎のクマや、水のクマと同じ考えだ。

動力源はわたしの魔力であり、自由に動かすことができる。

「クマ！」

「なんだそれは！」

逃げることができない檻の中で騒ぐ盗賊たち。

「俺たちをどうするつもりだ」

「ここから、出しやがれ！」

うるさい。本当に盗賊をするような者は、どこの世界でもバカが多い。

たまに、頭のいい首領とかいる場合もあるけど、今回は頭の悪いほうの集まりだったみたいだ。

わたしは無言のまま、檻の中に火の玉を撃ち込んで黙らせる。檻の中の火は、先ほどのと同様に、魔法使いの一人が一生懸命に消す。

「次、口開いたら、口の中に撃ち込むよ」

わたしが火の玉を出しながら脅迫すると、静かになったが睨《にら》みつけてくる。

状況を本当に理解していないのかな？

まあ、静かになったので、呼びだした土のクマのゴーレムに檻を引かせて、馬車のところに戻ることにする。

あまり遅くなると、マリナたちが心配するかもしれない。

55　クマさん、王都に到着する

檻《おり》をクマのゴーレムで引いてフィナたちのところに戻ると全員が起きていた。

「みんな、起きてたの？」

フィナたちもくまゆるとくまきゅうに乗って待っていた。もしかして、フィナたちだけでも逃がそうとしていたのかな？

「ユナには悪いけど、わたしの判断でみんなを起こさせてもらったわ」

「流石《さすが》に盗賊に襲われるかもしれない中で寝ていられないからのう」

グランさんも起きている。

年寄りは寝てないとダメだろうに。

「ユナさん、流石に黙って行くことはないと思います」

「ユナお姉ちゃん。流石に今回は……」

盗賊を捕まえてきたのに、どうしてわたし怒られているのかな？

おかしい。

先ほどから、みんなの目がわたしとわたしの後ろを交互に見ている。

どっちに目線をやればいいか困っているようだ。

「えーと、なにから、聞けばいいのかしら？」

全員の気持ちを代表して、マリナがわたしに尋ねる。

「とりあえず、どういう状況なのか説明してくれる？」

みんなの視線がわたしの後ろに向けられる。

「見てのとおり、盗賊を捕らえたから檻に入れただけなんだけど」

それで、説明は終了だ。

「どうやったら、その人数を一人で捕まえられるのよ」

「魔法でちょちょいと」

「その檻は？」

「魔法でちょちょいと」

「最後にそのクマは？」

「檻を運ぶために必要だったから、ちょちょいと作った」

周りからため息と、呆《あき》れ顔と、コメントに困る空気と、いろいろもれる。

「聞くたびに突っ込みたくなることが増えるんだけど」

マリナが呆れ顔でわたしを見る。

「それで、その盗賊どうするの？」

「さあ、どうすればいいと思う？　王都に連れていく？　ここで殺す？」

わたしの、殺す？って言葉に盗賊たちが反応する。

「もしかして、その盗賊。ザモン盗賊団じゃない？」

マリナの後ろで盗賊団を見ていた魔法使いのエルが口を開く。

「ザモン盗賊団？」

確か、本人たちもそんなことを言っていたような。

「この辺りで暴れている盗賊団よ」

「冗談でしょう。あのザモン盗賊団を一人で捕まえたの？」

「そんなに凄いの？」

「金を奪い、女がいれば連れ去り、酷《ひど》い盗賊団と聞いてます」

もしかすると、今回はマリナたち女性が目的だった可能性もある。でも、フィナたちが対象だった可能性も考えると、

「なら殺す？」

「面倒だけど、王都の警備隊に引き渡してアジトを吐《は》かせたほうがいい。アジトに捕まっている女性がいるかもしれない。本来なら、すぐに助けにいったほうがいいかもしれないけど、アジトにいる人数や場所も分からないし、聞き出すにしても時間がかかるかもしれない。その情報が本当かどうかも分からない。それにわたしたちは護衛中だし、捕まえた盗賊もいる。だから、今は王都に向かって、警備隊に引き渡したほうがいいと思うわ」

マリナの説明はごもっともで、誰も反対しない。

マリナたちだって、女性が捕まっている可能性があるのであれば、助けたいという気持ちもあるだろうけど、自分たちの状況、実力を考えての決断なんだろう。

わたしとしても、フィナたちを置いてアジトに行くつもりはない。

面倒だけど盗賊団は王都に運ぶことになった。

「それじゃ、今後のことも決まったし。まだ暗いし、寝ようか」

まだ深夜。本当なら夢の中にいる時間だ。

「この状況で寝るの？」

「この盗賊の数を見たら、寝られる気がしないわ」

「わたしも」

「ユナさん、わたしも寝られません」

「ユナお姉ちゃん……」

「流石のわしも寝られんのう」

わたしの提案に賛同する者は誰もいない。

今、寝なくたって、明日はこの盗賊たちの近くで寝ることになるんだけど。

それに寝られないといっても、夜が明けるまでには時間がある。寝る以外にどうするのよ。

「なら、いっそのこと出発するかのう。馬には可哀想《かわいそう》だが頑張ってもらおう。途中で馬が疲れるようなら、そのとき休めばよかろう」

その言葉でみんなは出発の準備を始める。

逃げだす準備をしていたので、すぐに出発できるそうだ。

わたしたちは深夜にもかかわらず、王都に向かって出発することになった。

まあ、わたしはくまきゅうの上で寝ますけど。


深夜に出発して、日が昇り、馬の休憩のために朝食をとることにする。

すると、盗賊たちが騒ぎだした。

「俺たちにも食べ物をよこしやがれ！」

「そうだ、そうだ」

「数日ぐらい食べなくても死なないよ」

「ふざけるな！」

騒ぐ盗賊に水をかけて黙らせる。

ちなみに盗賊が持っていたアイテム袋、武器などは、全て押収してある。

だから、アイテム袋の中に食べ物があったとしても、彼らは食べることはできない。

彼らが口にできるのは魔法使いが出す水だけだ。

時間が過ぎるにつれて、盗賊は徐々に衰弱し始めている。

今までしてきた酷い行いのことを考えればたいしたことではない。

盗賊を捕らえて数日後の昼、王都を囲む防壁が見えてきた。

あっちこっちの道から王都に向かう馬車が合流する。

「これ以上行くと目立つから、ここまでだな」

グランさんの指示で馬車が止まる。

「嬢ちゃん、悪いがここで待っててくれ。警備隊を呼んでくる」

グランさんたちが乗る馬車は、わたしたちを置いて先に進む。

グランさんやマリナたちからは非常識の称号をもらい、王都で騒ぎを起こしたくなかったら、クマのゴーレムを連れて王都に行かないほうがいいとアドバイスをもらった。

グランさんたちと話し合って、騒ぎを起こさないため、警備隊を呼んでくることになったのだ。

わたしは、警備隊が来てもいいようにしておく。まずはクマのゴーレムを消し、次に檻を消す。残ったのは縛り上げられた盗賊だけ。

盗賊たちにはたいした食事もさせなかったので、かなり衰弱している。縛られているせいもあって逃げだそうとする者はいない。

最後にくまゆるとくまきゅうを送還する。

ノアとミサは寂しそうに、くまゆるとくまきゅうにお別れの挨拶をしていた。

わたしたちはグランさんたちが警備隊を連れてくるのをのんびりと待つ。

「それにしても、大きな壁だね」

遠くから見ても、王都が大きいのが分かる。

フィナも初めて見る王都の大きさに驚いている。

「はい。大きいです」

フィナはじっと壁を見つめている。

「こんなに遠くまで来られるとは思っていませんでした。お父さんはわたしが小さいときに死んで、お母さんが病気になって、毎日食べるものにも困って、王都に来ることはないと思っていました。考えたこともなかったです。これも、ユナお姉ちゃんのおかげです」

「これから、楽しいことがいっぱいあるよ。王都では楽しもうね」

「はい！」

フィナとこれからの話をしていると、グランさんが乗る馬車が戻ってきた。その後ろには馬に乗った数十人の警備隊の姿も見える。

「嬢ちゃん、待たせたな」

「マリナ殿、こちらにいるのがザモン盗賊団の」

警備隊が縛られている盗賊を見る。

マリナさんが馬車の御者台《ぎょしゃだい》から降りて答える。

「ええ、そうよ」

「でも、これだけの人数をよく捕まえることができましたね」

「ええ、まあ、彼女が活躍してくれましたから」

「先ほど説明にあった、クマの格好《かっこう》をした女の子ですね」

疑うようにわたしのことを見るが、マリナやグランさんから説明を受けたのか、深くは聞いてこなかった。

盗賊たちは警備隊の馬車に乗せられていく。

全員疲弊しているため、逆らう者はいない。

グランさんは少し離れた場所で、警備隊長らしき人と話している。

「ランゼル、わしらはもう行ってもよいか？　長旅で疲れたから、休みたいのじゃが」

そうだね。わたしも早く王都の中に入りたい。

「はい、大丈夫です。ご協力ありがとうございました。後日報告させていただきます」

面倒事はなるべくなら遠慮したいので、今回の件は全てグランさんにお願いしてある。

「なにか分からないことがあれば、わしのところに来てくれ」

グランさんがわたしに来る質問を全て引き受けてくれることになった。

命の恩人だから、これぐらいかまわないと言ってくれた。

いい人だね。この世界の貴族はいい人が多いのかな？

「それでは、優先的に王都に入れるように手配します」

「それはありがたい」

警備隊長はグランさんに頭を下げると、仕事の指示に戻っていく。

「ユナ、隠せる部分は隠したが、なにかあれば連絡するがよいな」

「うん、ありがとう」

「礼はいらんぞ。おまえさんは命の恩人だからのう」

あとのことは警備兵に任せて、わたしたちは王都に向かう。

くまゆるとくまきゅうは送還してしまったので、歩いていこうとしたら、グランさんが馬車に乗るようにと言ってくれる。

嬉しいけど、乗れるのかな？

馬車の御者台にはマリナたち冒険者が3人座り、馬車の中にはわたしと、その左右にフィナとノア、前の席にはグランさんにミサ、魔法使いのエルが座る。

左右がフィナとノアのちびっ子じゃなかったら、わたしの着ぐるみのせいで座れなかったかも。

2人は狭くても文句ひとつ言わず、わたしの横で嬉しそうにしている。

馬車は9人を乗せてトコトコと王都の入り口に向かって動きだす。

馬車の前では警備兵が乗る馬が先導してくれている。そのため、並んでいる人たちの横を追い越すかたちになる。

少し、申し訳なさを感じてしまう。

入り口に来ると警備兵の馬が止まり、確認のために水晶板にギルドカードおよび、市民カードで触れるよう指示があった。

水晶板にギルドカードを触れさせるには、一度馬車から降りないといけない。わたしが馬車から降りると、周りにいる人たちが騒ぎ始めた。

「クマ?」

「クマさん?」

「なんだ、あの格好は」

「ユナの格好は目立つな」

そんなしみじみと言わなくても分かっている。

わたしは水晶板にギルドカードを触れさせ、犯罪歴がないことを証明すると馬車の中に戻る。

その様子がおかしかったのか、フィナたちが笑っている。

「ユナさん、大丈夫ですよ。ユナさんの格好は可愛《かわい》いから」

10歳の女の子に可愛いと言われても反応に困る。

全員、水晶板での確認が終わり、馬車に戻ってくる。全員馬車に乗ると、改めて馬車は王都の中に入っていく。

グランさんの厚意によって、馬車に乗ったままノアの母親がいる家まで連れていってもらえることになっている。

「ノアの家はどこにあるの?」

「上流地区ですよ。ここからだと距離がありますね」

「馬車じゃないと、わしみたいな年寄りにはつらい距離じゃな」

馬車はトコトコとゆっくりと進んでいく。

馬車の小窓から見える王都は賑《にぎ》やかだった。

フィナも、小さな口を開けたまま外を眺《なが》めている。こんな表情が見られるとは、連れてきてよかったと思う。

「国王の誕生祭があるから、いろんな場所から人が集まってきてるんじゃよ」

それじゃ、王都の入り口にいた人たちも、国王の誕生祭を祝うために来た人たちだったのかな。

「普段の王都も人が多いが、これからどんどん増えていくわよ」

馬車の運転をしているマリナが教えてくれる。

フィナも楽しそうしているけど、わたしも楽しみだ。

問題があるとすればクマの着ぐるみだけど、こればかりはしかたない。

馬車は徐々に人通りが少ない場所へと進んでいく。建物の外観も変わり、お屋敷ふうの立派な家が増えてくる。

「ユナさん、見えてきました。あれがお母様がいる家です」

クリモニアの街にある領主の館ぐらいある。

それにしても、ノアのお母さんって何者なのかな？　家族と離れてお城で働いているっていってたけど。

ノアに聞いてみたけど、お城で働いてる以外知らないそうだ。

馬車はお屋敷の前に止まる。

「ここでお別れじゃな。嬢ちゃんたち、王都にいる間だけでいい、時間があったらミサの遊び相手になっておくれ」

「お母様にお会いになられないのですか？」

「この時間ではおらんじゃろう。後日、報告を兼ねて挨拶をさせてもらうよ」

「ノアお姉様、フィナちゃん、ユナお姉様、遊びにきてくださいね」

「うん、行くよ」

「できれば、くまゆるちゃんとくまきゅうちゃんとも遊びたいです」

「うん、一緒に遊んであげてね」

「はい！」

わたしたちはマリナたちにもお礼を言って馬車から降りる。

「こっちこそ、助かったわ。初めは変な格好をした女の子だと思ったけど」

マリナは笑うが、バカにした感じはない。

「なにか困ったことがあったら言ってね。わたしたちにできることだったら手を貸すから」

マリナは手綱《たづな》を握ると、馬を動かす。馬車はゆっくりと動きだして離れていく。

56　クマさん、ノアの姉に絡まれる

わたしたちはグランさんたちを乗せて走り去っていく馬車を見送る。

「さあ、ユナさん、フィナ、中に入りましょう」

ノアとお屋敷に入ろうとしたとき、
タタタタタタタタタタタタ
どこからか走っている足音がする。

タタタタタタタタタタタ
その足音がだんだん後ろから近づいてくる。

音がする方向に振り向くと、金色の髪の女性が走ってくるところだった。

「ノ、ア、ちゃん！」

「お母様！」

走ってきた人物がノアを抱きしめる。

「ノアちゃん、会いたかったわ」

ノアに頬擦《ほおず》りをする女性。

ノアにそっくりな、綺麗《きれい》な金色の髪。

年の頃は25歳前後、ノアの母親にしては若い。

ノアに頬擦りする姿を見比べると、顔はとても似ている。

年の離れたお姉さんといわれても違和感はない。

いったい何歳のときに出産した娘なの？

「クリフはいないの？」

周りを見回すノアの母親。

「お父様はまだ街で仕事をしてます。わたしは、お父様に先に一人で王都に行くように言われました」

「そうなの？　でも、よくクリフが一人でよこしたわね」

「それはユナさんが護衛してくれましたから」

ノアがわたしのほうを見る。

「ユナ？　もしかして、そっちの面白い格好《かっこう》をしている子かしら？」

変な格好とはよく言われるけど、面白い格好って初めて言われた。

まあ、どっちもどっちだけど。

「こちらのクマさんの格好をしているのが冒険者のユナさん。王都まで護衛をしてくれました。そして、隣にいるのががフィナ。クマ友です」

なに？　そのクマ友って？

それ以前に、いつの間にそんな友達になったのよ。

とりあえず、その話は横において、ノアの母親に挨拶《あいさつ》をする。

「冒険者のユナです。よろしくお願いします」

「フィナです。このたびはユナお姉ちゃんについてきました」

フィナがわたしの真似をして自己紹介をする。

「あらあら、可愛《かわい》い子たちね。わたしはノアの母親のエレローラ。詳しい話はここじゃなんだから中に入りましょう」

「でもお母様。なぜ、わたしが王都に到着したことを知っていたのですか？」

「それはね。門兵に、あなたとクリフが来たら、わたしに至急伝えるよう言っておいたのよ。そして連絡が来たから仕事は国王陛下に押しつけて駆けつけてきたのよ」

至急の連絡って、わたしたちがお屋敷に着く前にお城に伝令が届いたってことだよね。

それって、かなり急いだんじゃない？

しかも、仕事を国王陛下に押しつけてきたって。そんなことでいいの？

久しぶりに娘に会うならしかたないのかな。

わたしたちはエレローラさんの案内でお屋敷の中に入る。

お屋敷の中は広い。

メイドさんたちが出迎えてくれる。わたしの格好を見て表情を変える者もいるけど、笑ったりする者はいない。一応、ノアの客人扱いだからかな。

わたしたちは広めの部屋に案内される。

「自由に座って。疲れたでしょう」

部屋には5人ぐらい座れる高級そうなソファーがテーブルを挟んで2つ並んでいる。

フィナは先ほどからわたしの側《そば》を離れない。わたしの行動の真似をしているようだ。

わたしがソファーの真ん中に座ると、その右隣にフィナがちょこんと座り、左隣にノアが座る。そして、エレローラさんがわたしたちの前のソファーに座る。

全員がソファーに座ると、メイドさんが飲み物を運んでくる。

喉《のど》が渇《かわ》いていたので、ありがたく飲ませてもらう。フィナも真似をするようにコップを手にする。

うん、冷たくて美味《おい》しい。

わたしは喉を潤《うるお》すと改めてエレローラさんのほうを見る。

「こちらがクリフ様よりお預かりしたものです」

ノアの母親とはいえ、初めて会う貴族夫人なので丁寧な口調で話す。

クマボックスからゴブリンキングの剣が入った箱と手紙を出す。

「あら、その手に付いているクマさんはアイテム袋になっているのね」

そう言ってから、手紙を広げて、内容を確認する。

何度か頷《うなず》いたり、わたしのほうを見たりする。エレローラさんは手紙を読み終わると、そっと閉じる。

「これがゴブリンキングの剣ね。なかなか珍しいものが用意できたのね。しかも、ユナちゃんが譲ってくれたなんて」

「いえ、たいしたことではありません」

「そのしゃべり方やめない？　なにかすごく話しにくそうなんだけど」

正直に言って、面倒だし話しづらい。一応、相手が貴族だから、丁寧な言葉を使っていたんだけど。エレローラさんには見抜かれていたらしい。

「いいの？」

「いいわよ。手紙に書いてあるし」

あのクリフが、わたしのことをどんなふうに手紙に書いたか気になる。

「言葉遣いは気にしないほうがいい。服装については聞かないほうがいい。あと、見かけと違って強い。服装のせいでトラブルが起きやすいからフォローをしてくれ。……他にもいろいろと書かれているわよ」

うん、とんでもなく迷惑な女に聞こえるね。

しかも、合っているから訂正することもできない。いろいろの部分も気になる。

「でも、優しくて、ノアも気に入っている冒険者だとも書いてあるわ。クリフはあなたのことを、とっても信頼しているようね」

「そうなの？」

ノアの護衛を任せてくれるくらいだから、信用はされていると思っていたけど、口にされると恥ずかしいね。

　でも、よく着ぐるみの女の子を信じられるよね。

「娘の護衛をあなた一人に任せたのがその証拠よ。初めはこんな女の子一人に護衛をさせるなんてと思ったけど、一人で、ゴブリン100匹討伐、ゴブリンキング討伐、オーク討伐、タイガーウルフ討伐、ブラックバイパー討伐。ここに書かれている内容が冗談かと思えるぐらい」

「はい、ユナさんは凄《すご》いです。王都に来るときもオークを倒して、盗賊《とうぞく》も一人で捕まえたんですよ」

　ノアの口から出た、新しい出来事にエレローラさんは驚く。

「それは本当なの？」

「はい、そのときにグランお爺様もいらっしゃいましたから証人になってくれますよ」

　ノアは王都に来るまでにどんなことがあったのか楽しそうに話した。

　久しぶりに母親に会ったのが嬉しいのだろう。

「もう、こんな時間ね。そろそろ、シアが帰ってくる頃かしら」

「シア？」

　ここで、新しい名前が出てきた。

「はい、わたしのお姉様です。今、王都の学園に通っているんです」

「ノアにお姉ちゃんいたの？」

「はい。5つ上ですから、少し離れてますけど」

つまり、15歳ってこと？　いったい何歳のときの子供なのよ。わたしは改めてエレローラさんを見る。見た目どおりの25歳なら10歳のときに子供を産んだことになる。28歳ぐらいに見れば13歳のとき子供を……ぎりぎりか。もちろん、日本ならアウトである。でも、ここは異世界だ。ありえないことではないかもしれない。

「ユナちゃん。なにか変なことを考えていない？」

心を読まれた。

この人は人の心を見透《みす》かすのが得意なのか、それともわたしが顔に出やすいのか。

「エレローラさんが若く見えるので、いったい何歳のときに子供を産んだのかと思って」

「あら、若いって何歳に見える？」

エレローラさんは頬を染めて嬉しそうにする。

どこの世界でも女性は若いって言われると嬉しいんだね。わたしは年齢以下に見られると怒るけど。

「初めは25歳ぐらいだと思ったんだけど、15歳の娘がいるなら、いくつかと思って」

「あらあら、嬉しいこと言ってくれるのね。本当なら年齢は答えないんだけど、今年で35歳よ」

こんなに若く見えるのに35歳とか、ありえない。

でも、20歳のときに子供を産んだのか。

「お母様は美人で有名ですから」

「あら、それならわたしの子のノアも美人になるわよ」

「そうなったら嬉しいです」

ノアが嬉しそうにする。

そんなとき、ドアの向こうが騒がしくなる。

「お母様ただいま！　ノアが来たって本当？」

ドアが開き、これもまたノアにそっくりな少し年上のツインテールの女の子が部屋に入ってくる。

たぶん、ノアの姉のシアって子かな。学生服を着ているけど、この世界にも制服はあるんだね。

「シア、お客様の前よ」

「失礼しました。って、クマ!?」

わたしを見て驚く。

「そうですよ。クマに失礼よ」

エレローラさん、あなたも失礼です。

「お母様。冗談はよしてください」

「ふふ、冗談じゃないわよ。このクマの格好をした子は、この王都までノアを護衛してきてくれた冒険者のユナちゃん。隣の子が友達のフィナちゃんよ」

エレローラさんが簡単にわたしたちのことを紹介する。

「まさか、女の子3人で王都まで来たんですか。それこそ冗談です。こんな小さい女の子たちがクリモニアから王都まで来るなんて」

小さい女の子ってわたしも含んでいるの？

確かにあなたより背は小さいけど。

「そこのあなた、立ち上がってくれない？」

わたしは言われるがまま立ち上がる。

「こんな可愛い女の子が冒険者なんて冗談でしょう」

可愛い女の子って。わたしはあなたと同じ15歳なんだけど。

確かにわたしはシアよりも背が低いし、胸も小さい。

でも、これから成長するから、なにも問題はない。

「お姉様。ユナさんは強いんですよ。ユナさん本人も凄いですが、なによりもクマさんが凄いです」

「クマさん？」

シアは首を傾《かし》げる。

そりゃ、いきなりクマが強いと言われても意味が分からないだろう。

「そうね。なら、試合をしたらどう。そうしたらシアも納得するでしょう」

「ちょっと」

勝手に決めないでほしい。どうして、わたしが戦わないといけないのよ。

「ユナちゃん、娘の相手をお願いね。ああ、怪我《けが》をさせてもいいけど。でも、女の子だから大きな傷はやめてね」

「いいわ。その勝負受けます」

シアがエレローラさんの提案を受ける。

誰も申し込んでいないから、受けないでほしい。

面倒なことに、誰もわたしの意見を聞いてくれない。話がどんどん進んでいく。結局試合をすることになり、みんなで中庭に移動することになった。

「あの子、学園でも上位の強さを持っているせいか生意気になっているから、高い鼻をへし折ってちょうだいね」

うーん、そんなことを言われても、どこまでやっていいのか。

怪我をさせてもいいと言われても、貴族の娘だ。本当に怪我をさせるわけにはいかないよね。

そんなことしたらノアが悲しむだろうし。

「お母様！　別にわたしは生意気では」

「あら、そう？　学園には自分よりも強い女子はいないとか言ってなかったっけ」

「そうだけど。だからといって、生意気になんてなっていません！」

「ふふ、冗談よ」

シアをからかって楽しんでいるようだ。でも、わたしを巻き込まないでほしい。

「えーと、ユナさんでしたね」

わたしのほうを見る。目が少しつり上がっている。

「ええ」

「ユナさんは剣、魔法どちらが得意ですか？　好きなほうを選んでください」

このパターンって、剣で勝つと、次は魔法で戦うことになるんだよね。

「それじゃ、剣で」

メイドさんが木剣を持ってきてくれる。

「それじゃ、いつでもいいですよ」

そう言うとシアは剣を構える。女の子が綺麗《きれい》な型で剣を構えるとカッコいいね。長い金髪がとても似合う。

「本当にいつでもいいの？」

「いいですよ」

「それじゃお言葉に甘えて行くよ」

クマの踏み込みで一瞬でシアの懐《ふところ》に入り込み、シアが持つ剣を巻き上げるように剣を振り上げる。

シアの剣は空中に舞い、わたしの剣がシアの顔の前で止まる。

「これでいい？」

剣を下ろし、シアから離れる。

これで終わってくれればいいんだけど。

「ちょ、ちょっと、待って」

「なに？」

「もう一度、お願いします」

真剣な目でお願いしてくる。負け惜しみとかではなく、真剣にやり直したいみたいだ。

シアはわたしの返答を待たずに、木剣を拾って構える。

「お願いします」

「満足するまで、相手になってあげるよ」

この手の人種は一回では気がすまないのが多い。ゲームでも何度も挑戦してくる者はいた。

木剣を構えて、シアの動きを待っていると、今度はシアのほうから攻撃を仕掛けてくる。

わたしは軽く躱《かわ》し、シアの木剣を叩《たた》き落とす。シアは腕が痺《しび》れたのか、腕を押さえる。

でも、すぐに木剣を拾って構え攻撃してくる。

剣を振り下ろす速度も遅いし力も弱い。この年代の女の子の知り合いはいないから、強いか弱いか分からない。

わたしは向かってくる剣を払いのけて、木剣を首筋で止める。

シアの剣には駆け引きがない。

相手がどのように防ぐのか、攻撃するのか、なにも考えていないように見える。

ゲームなら相手の攻撃のパターンを読み、防御、攻撃をする。

相手の隙《すき》を作り、そこを攻撃する。

わたしはシアの木剣を弾《はじ》き、がら空きになった体に木剣を向ける。

それでも、シアは何度も挑戦してくる。

「何度やっても同じだよ」

「すみません。魔法を使用してもいいですか？」

わたしはその申し出を受ける。

「ありがとうございます」

シアは左手に剣を持ち右手に魔力を集める。

シアの手に炎が集まる。

「ファイヤーボール」

わたしに向かって火の玉が飛んでくる。

そんな単発の火の玉、簡単に避《よ》けることができる。

わたしは軽く避ける。そこに剣を振り上げたシアが待つ。でも、遅いことに変わりはない。わたしは木剣で防ぐ。

シアは後方に跳んで、距離を取ると、再度、炎の玉を飛ばしてくる。

学園ではなにを教えているのだろうか。強い、弱いの問題じゃない。戦い方がなっていない。魔法と剣が使えるなら2つを組み合わせて戦わないと意味がない。

これなら、始めて数か月の初心者ゲーマーのほうが戦い方を知っている。

経験の差かな。わたしはゲームの世界で対人戦をそれなりの数こなしてきた。喧嘩《けんか》を売られたともいう。

でも、ゲームの中では、たとえ負けても死なない。それでもぎりぎりの戦い、紙一重の戦いを何度も経験してきた。

でも、この世界ではそんな経験はできない。

負ければ死ぬのだから。

わたしは火の玉を右にステップして躱し、シアとの間合いを詰める。

そして、手加減したクマパンチをお腹《なか》に当てる。

「くっ……」

シアは腰を曲げて膝《ひざ》を地面に落とした。

ちょっと強かったかな？

「そこまでよ」

エレローラさんが試合を止める。

「わ、わたしはまだ……」

「手加減されているの、分かっているでしょう」

「そ、それは……」

「終了よ」

「……はい」

シアが素直に返事をして、立ち上がるとわたしのほうを見る。

「ユナさんでしたね。とても強かったです。わたし、これでも学園では強いほうなんですよ。年下の女の子に負けるとは思いませんでした」

「15歳だよ」

「……えっ」

「だから、15歳だよ。あなたと同い年だよ」

「うそ、年下だと思っていました」

確かに平均よりは小さいけど、そこまで小さくない……はず。

「それじゃ、ノアの王都到着祝いとユナちゃん、フィナちゃんの歓迎会をしましょう」

試合を終えたわたしたちは食事をいただくことになった。

歓迎料理ということで、出てくる料理はとても美味しい。

ただ、もの足りなさも感じる。日本とくらべると調味料が少ないような気がする。

砂糖、塩、スパイス系はあるが、日本人としては醤油《しょうゆ》、味噌《みそ》が恋しい。

隣を見ると、フィナの様子がおかしい。

小さな口で食事をしているが、口数が少ない。話しかけても生返事が多い。

口に合わないのかな？

「お母様。わたし、学園の皆さんや先生に手加減されていたのでしょうか」

「うーん、それはどうかしら。ユナちゃんの強さは規格外だからね。たぶん、冒険者ランクでいえばCはあるはずだから」

「ランクCって……」

ランクCと言われてもピンとこない。知り合いにランクCはいないし。どのくらいの強さかも分からない。

喧嘩を売ってきたデボラネが確かDだったよね。

「お母様、いくらなんでもそれは」

「ゴブリン100体の群れの討伐。ゴブリンキングの討伐。オークの討伐。番《つがい》のタイガーウルフの討伐。ブラックバイパーの討伐。もちろん、一人でね」

「それは本当なんですか？」

「クリフの手紙に書いてあったわ。クリフは嘘を吐《つ》かないし、なにより大切な娘のノアの護衛を頼んでいるのが証拠よ」

わたしは何度でも叫びます。

だから、個人情報保護法はどこにあるの！

人の戦歴を話さないでほしい。

「だから、あなたが落ち込むことはないのよ。ただ、同い年でもあなたよりも強い子はいると知っておいてほしかっただけ」

「はい。とても強かったです。ユナさん、先ほどはすみませんでした」

素直に謝ってくる。

いい子なのかな？

「でも、ユナさんは魔法も使えるんですよね？」

「一応ね」

「それであの強さですか」

「それに、ユナさんにはクマさんもいますから。もっと凄いですよ」

ノアが自慢するように話に入ってくる。

「さっきも言っていたけど、そのクマってなんなの？」

「ユナさんの召喚獣のクマさんです。とっても可愛いです」

「召喚獣……その、今度わたしにも、その召喚獣のクマを見せてもらえますか？」

「いいよ」

わたしはシアと約束する。

食事が終わると、今日寝る部屋に案内される。

フィナの希望によって、わたしとフィナは同じ部屋になった。

57　クマさん、商業ギルドに行く

部屋に入り、2人っきりになるとフィナが大きなため息を吐いてベッドに座る。

「疲れた？　大丈夫？」

「大丈夫です。でも、わたしなんかが貴族様の家に泊まってもいいのかな？」

「静かだと思ったらそんなことを考えていたの？」

「変なことを口走って、失礼なことをしたら、家族に迷惑がかかるから」

やっぱり、平民から見た貴族ってそうなんだ。

「それじゃ、護衛も終わったし、宿でも探そうか。そのほうがフィナも落ち着くでしょう」

「でも、お金が……」

「フィナを王都に誘ったのはわたしだよ。だから、フィナはお金のことは気にしないでいいよ」

「でも……」

「でもはいらないよ。とにかく明日は宿を探そう。だから、そんなに気を張らないでいいよ。せっかく王都に来たんだから楽しまなくちゃ」

「……ユナお姉ちゃん、ありがとう」

それぞれがベッドに入り、今日の疲れを癒《い》やすために眠りに就《つ》く。

翌朝起きると、手持ち無沙汰《ぶさた》のフィナがベッドの上に女の子座りで座っていた。

「おはよう」

「おはようございます」

「もう、起きていたの？」

「はい、いつもどおりに目が覚めたんですけど、なにもやることがなくて」

フィナは母親のティルミナさんが病気のときから朝早く起きて家の仕事をしている。家の仕事を終えると冒険者ギルドで仕事をする。だから、朝早く起きるのが習慣になっているのだろう。

「それじゃ、着替えたら食堂に行こうか」

「まだ、早くないですか？」

フィナの言うとおりに、朝食にはまだ早い。

「早かったら、外に食べに行けばいいよ。そして、そのまま宿を探せばいいし」

「本当に宿を探すんですか。わたしだったら我慢できます」

「フィナのためじゃないよ。わたしもこの家は落ち着かないからね」

わたしは白クマから黒クマに着替えて、フィナを連れて食堂に向かう。

食堂には誰もいなかった。

フィナの言うとおり、朝食には早かったかな？

とりあえず、外出の許可をもらうために人を探す。

食堂から廊下に出ると、昨日見たメイドさんがいた。

「これはユナ様、フィナ様、お早いですね」

「おはよう。食事をしたいんだけど、できるかな。無理なら外に行こうと思うんだけど」

「いえ、大丈夫です。すぐにご用意しますので、食堂でお待ちになってください」

わたしたちはメイドさんの言葉に甘えさせてもらうことにする。

食堂で待っているとエレローラさんが入ってくる。

「あら、早いのね」

「おはようございます」

「おはよう。もう食事？」

「はい」

「それで、今日はどうするの？」

今日の予定を聞かれたので素直に話すことにした。

「宿でも探そうかと」

「宿を？　どうして？　国王陛下の誕生祭が終わるまでここにいていいのよ」

「どうもわたしみたいな平民には、広いお屋敷は落ち着かなくて」

フィナの気持ちを代弁する。

「でも、無理だと思うわよ。国王陛下の誕生祭のおかげで人が増えているから、宿には泊まれないと思うわよ」

国王陛下の誕生祭か。

確かにそう考えると宿は無理かもしれない。

なら、少し予定より早いけど、クマハウスを設置する場所でも探そうかな。

クマハウスがあればクマの転移門も設置できるし、宿の心配もなくなる。

「とりあえず、探してみます」

「うちはいつまでいてくれてもいいからね」


朝食をすませ、わたしはフィナと外に出る。

朝食をとっている間にノアは起きてこなかった。エレローラさんは仕事に行き、シアは制服を着て学園に向かった。

ノアは久しぶりに遅くまで寝ているのだろう。旅の間は、日の出出発だったのだからね。

王都の中を散歩しながら宿を探す。

クリモニアの街にいたときは忘れていたが、わたしのクマさんの格好《かっこう》が目を引く。

すれ違う人の視線がわたしのほうを向く。

そして、必ず、「くま?」「クマだ」「可愛《かわい》い」「なにあれ」「クマさんだ」との声が聞こえてくる。

「フィナ、ごめんね。なんか目立って」

「大丈夫です。慣れてます」

にっこりと慣れてますと言われても嬉しくないんだけど。

そんな視線を気にしながら宿を探すが、エレローラさんの言うとおり、どこも埋まっていた。

わたしは次の案を実行するために商業ギルドに向かう。

場所が分からなかったので、最後に訪れた宿で商業ギルドの場所を聞いた。

王都の商業ギルドは、クリモニアの街のものと比べると規模も建物の大きさも違った。

まず、人の出入りが多い。いろいろな街や村から来ているのかな?

違う国の人もいるかもしれない。

わたしは集まる視線を無視しながら、商業ギルドの中に入る。

まずは受付を探さないとね。

混んでいるな。でも、受付の数も多い。

え～とどうすればいいのかな?と辺りを見回す。

どうやら、あそこで番号札をもらって、呼ばれたら受付に行くみたいだ。

番号札を配っている列に並び、番号札をもらう。

もちろん、並んでいる間もわたしは注目の的だ。

日本でいえば着ぐるみパジャマ姿で並んでいるようなものなのかも。目立ってしかたない。

もらった番号札は195番。今呼ばれた番号は178番。

まだ、呼ばれるまで時間がありそうだけど、受付は10か所あるから、あまり待たずに呼ばれるかな？

しばらく待っていると、わたしの番号が呼ばれる。

「いらっしゃいませ。本日はどのようなご用件でしょうか」

受付嬢は一瞬、わたしの姿を見て笑顔が崩《くず》れかけたけど、すぐに戻った。

流石《さすが》王都の受付嬢。人を見かけで判断はしなかった。

心の中ではどう思っているかは分からないけど。

「王都の中に土地が欲しいんだけど、買える？」

「失礼ですが、市民カード、またはギルドカードをお持ちでしょうか？」

ギルドカードを受付嬢に渡す。

「少々お待ちください」

ギルドカードを水晶板に置く。

「ユナさんですね。ちなみに、土地はどのような用途で使用されるのでしょうか？」

「家を建てるつもりだけど」

「つまり、この王都に住むってことでしょうか？」

「それは未定。クリモニアの街をメイン拠点にしているから、こっちはサブ拠点に使うつもり」

「分かりました。では、土地について説明をします。まず、城付近の上流地区は貴族街となりますので、こちらはお売りできません。その次に、中流地区も今のユナさんにはお売りできません。ですので、現在お売りできるのは下流地区になります」

下流地区、中央からかなり離れている。お城がここだから、ノアの家はこの辺りかな。

かなり離れていて、簡単に行き来はできない。できればノアの家の近くの中流地区がいい。

「どうすれば中流地区が買えるの？」

「どなたかの紹介状でもあれば可能です」

要は身分の証明かな？　いきなり、他の街から来た者に中流地区は売れないってことかな？

でも、紹介状か……。クリモニアの商業ギルドでお世話になったミレーヌさんからもらった手紙を思い出す。

「これ、紹介状になる？」

「確認させてもらいます」

受付嬢は手紙を広げて確認する。

「これは……はい、確認させてもらいました」

「どうなの？」

「申し訳ありません。わたしの一存では。少しお待ちになってください」

受付嬢が席を離れて奥に行ってしまう。

「ユナお姉ちゃん、家を建てるの？」

「今後のことを考えると便利だからね」

家を建てれば、クマの転移門を設置することができる。

移動のことを考えれば、絶対に設置したいところだ。

「おや、ユナ嬢ちゃんとフィナ嬢ちゃんじゃないか？」

「あら、本当」

振り向いた先にはグランさんとエレローラさんがいた。

「グランさん？　それにエレローラさん？　どうして2人がここに」

「それはこっちの台詞《せりふ》よ。それに、どうして商業ギルドにユナちゃんがいるの？　宿を探しに行ったんじゃなかったの？」

宿はエレローラさんの言うとおり無理だったことを話す。

「だから家を建てるために中流地区の土地を購入しようと思ったんだけど、紹介状がないとダメとかで。とりあえず、クリモニアの街でもらった商業ギルドの紹介状を渡したんだけど、審査待ちかな」

「宿が取れないからって、家を建てようとするなんて……」

「呆《あき》れて言葉が出ぬな」

2人に呆れられる。

「でも、お金のほうは大丈夫なの？」

どのくらいの金額か分からないけど、元の世界で稼いだお金があるし、ブラックバイパーの素材を売ったお金もある。

「たぶん大丈夫だと思うけど、ダメだったら、諦めるよ」

足りなかったら、エレローラさんに甘えて、お世話になればいい。

「なら、わしが紹介状を書いてやろうか」

「わたしも書いてあげるわよ」

2人が申し出てくれる。

「それは助かるけど、いいの？」

「嬢ちゃんには命を救われているからのう」

「クリフと娘がお世話になっているからね」

それはありがたい。貴族の2人が保証人なら購入の許可が下りる可能性も高くなる。

「それで、2人はなんでここにいるの？」

「わたしは仕事よ」

「わしも似たようなものだ」

グランさんたちと話し込んでいると、受付嬢が戻ってきた。

「お待たせしました。土地の件ですが、中流地区の下流地区付近なら可能です」

無事に中流地区に購入できるみたいだ。これなら、2人の紹介状は必要はないかな。

「どの辺り？」

受付嬢は王都の地図を広げて教えてくれる。

ここが王都に入る門で、ここがお城で。ノアのお屋敷から少し離れた位置にあるから、行き来するのは少し面倒になるね。

「なんだ。これは、端のほうではないか」

「本当ね」

関係ない2人がわたしの後ろから地図を覗《のぞ》き込んでくる。

「そこの娘、紙を貸せ。わしが紹介状を書いてやる」

「そうね。わたしにも紙を貸しなさい」

2人は、紹介された場所に納得できなかったのか、受付嬢にそんなことを言いだす。

「えーと、どちら様でしょうか？」

「グラン・ファーレングラムじゃ」

「エレローラ・フォシュローゼよ」

「ファーレングラム伯爵《はくしゃく》とフォシュローゼ伯爵夫人ですか!?」

2人の名前を聞いて、驚きの声をあげ、顔色が変わる。

やっぱり、貴族の名には影響力があるんだね。

「そうじゃ。こやつの紹介状が必要ならわしらが書いてやろう。なので、もっといい土地を用意せよ」

「は、はい。すぐに用意してきます」

受付嬢は急いで席を立ち、奥の部屋に駆けていく。

すると、すぐに年配の女性が出てくる。

「なんだい。ファーレングラム伯爵というから若造のほうかと思ったら、ジジイのほうか」

「ババアがなに言ってやがる」

「それにフォシュローゼの嬢ちゃんか」

「流石《さすが》に嬢ちゃんって歳じゃないんだけど」

「2人して、こんな変な格好をした娘の保証人になるのか？」

また、変な格好って言われた。

「ええ。だから、いい場所をお願い」

「ミレーヌにしろ、なんでこんな小娘の肩を持つのかのう」

「わしはこの嬢ちゃんに命を救われているからな」

「わたしも娘と夫がお世話になっているからね」

「ふん、そうかい。まあ、いい。おまえさんたちが保証人になるんなら、それなりの土地を用意しよう。それで、小娘、金はあるんだろうね」

まあ、場所を用意してもらってもお金がなかったら意味がない。

「どのくらいするか分からないけど、ブラックバイパー討伐のお金もあるし」

「ふん、冗談もそこまで言えれば凄いの」

別に冗談でもないんだけど。

「とりあえず、希望はあるか」

「治安がよくて、人通りが少ないところがあれば。さらに贅沢を言えば、冒険者ギルドに近くて、エレローラさんの家にも近いところかな」

希望を全て言ってみる。

「わがままな小娘じゃな。まあ、いい。それならここだな」

お婆ちゃんが地図の一点を指す。

ここが冒険者ギルドで、ここがノアの家だよね。

「上流地区の近くか。ここなら、住人ぐらいしか通らないから人通りも少ない。警備隊も見回るから治安もいい」

「わたしの家にも近いわね」

「この大きな道を通れば冒険者ギルドにも近い。嬢ちゃん、ここでいいんじゃないか」

地図を指しながら説明をしてくれる。

「そうね、あとは金額次第ね。まあ、足りなかったらわたしが出してあげてもいいわよ」

「そうじゃの、おまえさんらの知り合いってことで金額はこのぐらいだの」

提示された金額を見る。十分に払える金額だった。

王都だから高いかと思ったけど意外と安い。エレローラさんとグランさんのおかげなのかな？

「少し、高くない？　建物はないんでしょう？」

「バカを言うな。王都でこんな立地条件がいい土地、この金額でも安いほうだぞ」

「そもそも、嬢ちゃんは払えるのか？」

「払えるけど、安いほうが嬉しい」

「小娘、本当に払えるのか。お子様のお小遣いで買える額とは、桁が違うんだぞ。貴族でも簡単に出せる金額じゃないぞ」

「別に一括《いっかつ》じゃなくてもいいんでしょう」

エレローラさんが助け舟を出してくれる。

「この小娘が貴族の娘や大商人の娘ならいい。だが違うなら、一括以外は認めん。ただし一括で払えるなら割引も考えてやる」

「それじゃ、その土地買うからお願い」

その瞬間、お婆ちゃんは笑いだす。

「本気かい。まあ、お金さえあれば、うちは問題はないさ」

「ここに出すの？」

かなりの金額になる。この机だと狭い可能性もある。

「ああ、かまわないさ」

　そう言われたら出すしかない。

　クマボックスからお金を出していく。

「ちょ、ちょっと待て」

　わたしは、無視して金貨を出していく。

　カウンターの上に金貨が山積みになっていく。

「待てと言っている。こんな狭いカウンターに金を出すな」

　出せとか出すなとかわがままなお婆ちゃんだ。

「周りが驚くからしまえ。わしの負けだ。こんなところで大金の取引はできん。別室に行くぞ」

　お金をしまって、わたしたちはお婆ちゃんに別室に案内される。

「先ほどの約束じゃ。少し割り引かせてもらう。流石《さすが》にこれ以上は無理だぞ」

　わたしは改めて提示された金貨を出す。

「それにしてもおまえさん、何者なんじゃ。大商人の子供かなにかか？　だが、それならわしの情報網に入るはずじゃ。それともどこかの貴族の隠し子か？」

「ただの冒険者だよ」

「ふん、教えないつもりか。まあ、調べれば分かることじゃ」

　それは無理じゃないかな。いくら調べてもわたしの出生《しゅっせい》なんて分かるわけがない。

「まあ、今回は保証人と金さえあれば、商業ギルドに問題はない。ほれ、契約書だ。これで、この土地はおまえさんのものだ」

「ありがとう」

「礼などいらん。家を建てるなら相談に乗ってやるぞ」

「それは大丈夫、あてがあるから」

「そうか。なら、これで終了じゃな」

お婆ちゃんは面倒臭そうにわたしたちを部屋から追い出す。

まあ、土地が手に入れば用はないので、わたしたちは部屋から出た。

無事に土地も購入できた。あとは家を建てて、クマの転移門を設置すれば、いつでも王都に来ることができる。

フィナも緊張しないですむし、一石二鳥だ。

58 クマさん、王都にクマハウスを建てる

グランさんが馬車で、購入した土地まで送ってくれることになり、エレローラさんもついてきてくれることになった。

まだ、王都に詳しくないわたしとしては助かる。

「嬉しいけど、2人とも仕事のほうはいいの？」

「ああ、すでに終えておるから心配はいらん」

「ええ、わたしのほうも大丈夫よ。仕事を終えたところでグランお爺ちゃんに会って話し込んでいただけだから」

問題はないようなので、4人揃《そろ》って外に出る。

グランさんの馬車が停めてある場所に移動すると、馬車の側《そば》に数人の警備兵がいた。

「うん、何事じゃ？」

「これはグラン様。ユナ殿とご一緒でしたか。それに、エレローラ様も⁉」

警備兵の一人がエレローラさんの存在に驚いている。

「あら、ランゼル？　どうしたのこんなところで？」

「グラン様に昨日の盗賊の件を報告するために、お屋敷に伺うところでした。そうしましたら、グラン様の馬車をお見かけしたので、待たせていただきました」

ああ、思い出した。

あの赤い髪の人は、盗賊を引き渡すときにグランさんと話していた警備隊の人だ。

確か、あの場にいた一番偉い人だよね。

「盗賊の件、ああ、ユナちゃんが捕まえた盗賊ね」

「それで、報告とはなんだ？」

「グラン様にはそこのユナ殿と一緒に詰め所まで来ていただきたいのですが、よろしいでしょうか？」

「わしはかまわんが……」

グランさんがわたしのほうを見る。別に、家に関しては急いでいない。一日ぐらい遅れても、フィナの胃も大丈夫なはず。

「わたしも大丈夫だよ。フィナもいい？」

「はい」

「エレローラ、すまないがわしらは詰め所に行くことになった」

「気にしないでいいわ。わたしもついていくから。ユナちゃんはクリフの客人で、この王都にいる間は、わたしが保護者役よ」

いつ保護者になったのか分からないけど、権力者がついてきてくれるのは助かる。

馬車には年配の御者《ぎょしゃ》がいたが、マリナたちはいないようだ。

馬車に乗ったわたしたちが詰め所につくと、部屋に案内される。

「それで何用なのだ」

「まず、ザモン盗賊団のアジト及び人数が判明しました。場所はここから西に行った山中の洞窟《どうくつ》だそうです。残りの人数は30人ほど。捕まっている女性も何人かいるようです」

「それじゃ、すぐにでも救出に行かんとならんぞ」

「はい。ですが少し問題がありまして」

「問題？」

「はい。今この王都は、誕生祭で人が集まっています。それで、王都の兵士も騎士も警備に当たっていまして、兵には余裕がありません」

「なら、冒険者ギルドに依頼を出せばよかろう」

「それにはグラン様と申しますか、そのユナ殿の許可が必要になります」

全員がわたしのほうを見る。

「わたしの？」

「ああ。盗賊団の宝物の私有の権利か」

グランさんが思い出したように言う。

わたしにも分かるように説明をプリーズ。

「はい、そうです。ユナ殿はすでにザモン盗賊団の25人を捕らえています。ですが、アジトの制圧はしていません。基本、盗賊団は倒しても、魔物と違って剝《は》ぎ取りはできませんので、倒すメリットが冒険者にはありません。その代わり、権利として盗賊団が持っていた武器、防具、道具をそのまま手に入れることができます。それには盗賊たちが集めた宝物も含まれます」

「つまり、冒険者に依頼を出すと、盗賊団の宝物が依頼を受けた冒険者のものになってしまうってこと？」

「はい。今回の件ではユナ殿が一人で盗賊団を捕まえ、そのおかげで情報が得られました。なのに我々が勝手に冒険者ギルドに依頼を出すことはできません。出すにしても、ユナ殿の許可とユナ殿への報酬金額を決めなくてはいけません」

「面倒ね」

「それはしかたないだろう。自分が手に入れた情報を他人に取られるようなものだからのう。嬢ちゃんが盗賊退治に行けばなにも問題はないのだが」

「面倒」

「ユナお姉ちゃん……」

フィナが呆《あき》れ顔で見てくる。そんな目で見ないで。

面倒なものは面倒なのだ。

せっかく、王都見物に来たのに、どうして盗賊退治なんてしなくちゃいけないのよ。

「なら、わたしのほうで兵を集めましょうか？」

「エレローラ様？」

黙って話を聞いていたエレローラさんが助け舟を出してくれる。

「よろしいのですか？」

「いいわよ。兵士の実戦の経験にもなるし、警備だけで飽きている人もいるでしょうから」

「でも、それでは王都の警備が」

「大丈夫、大丈夫。そんなのわたしが書類を調整するだけだから」

なんか、簡単に言っているけど、そんなことで大丈夫なのかな？

「分かりました。それではエレローラ様、よろしくお願いします」

「ユナちゃんもそれでいいよね」

「分からないけど、お願いします」

「兵士が討伐に行けば、お宝の権利はユナちゃんにもあるわけ。まあ、少しはもらうけど、冒険者に全部取られるよりはいいでしょう」

お宝が少しもらえるのは嬉しいかもしれない。

「それじゃ、囚《とら》われている人たちが心配だから、すぐに兵を準備させるわ」

エレローラさんはわたしのほうを見る。

「そんなわけで、仕事しに城に戻らないといけないから、案内できなくなっちゃうけど」

「ううん、わたしのためにやってくれるんだから、気にしないで」

「そう言ってくれると助かるわ。あと、ノアが悲しむから、今日はちゃんと帰ってきてね」

「うん、帰るよ」

約束をすると、エレローラさんは部屋から出ていく。

「あと、ユナ殿にはこちらの引き取りをお願いします」

見た先には汚い剣や鎧《よろい》が並び、その他いろいろなものが並んでいる。

「ユナ殿が捕らえた盗賊の持ち物です。先ほども申したとおり、こちらはユナ殿のものになります」

えーと、どれもこれも汚い。

こんな汚いものいらないんだけど。

「処分お願いできますか」

そうお願いしてみる。

「分かりました。ではこちらで処分しておきます」

改めて盗賊の荷物を確認していると、目を引くものがある。

盗賊が使っていたアイテム袋だ。確か、袋によって入る量が違うとか。

これは欲しいかも。

「そのアイテム袋ももらえるんですか？」

「はい、お持ちになって大丈夫ですよ。中身を確認しましたが、どれも空っぽでした。どうやら、盗んだものを入れる手筈《てはず》だったのでしょう」

「この中で容量が多いのはどれですか?」

「それなら、これですね。ザモン盗賊団の頭《かしら》が持っていたので容量は大きいです」

頭なんていたんだ。もしかして、あの一番うるさかったのがそうだったのかな?

アイテム袋を受け取る。大きさは手提《てさ》げバッグほど。

他のアイテム袋も似たりよったりだ。一番小さいのは、ズボンのポケットに入るぐらいのサイズだ。

「盗賊が持っていたアイテム袋を全部もらえますか」

アイテム袋を全部渡してくれる。

ありがたくクマボックスにしまう。

以上でわたしの用件は終わり、付き合ってもらったグランさんにお礼を言う。

「グランさん、ありがとう」

「いや、かまわんよ。嬢ちゃんが捕まえてくれなかったら、わしらは死んでおったろうからのう」

わたしへの用件は以上らしいが、グランさんにはもう少し話があるそうだ。

グランさんはわたしが買った土地に連れていけなくなったことを、もうしわけなさそうに謝る。

詰め所をあとにしたわたしたちは、商業ギルドで購入した土地に向かう。

一応、地図はもらっているから、場所は大丈夫だけど、王都は広い。

王都の中をバスみたいに馬車が走るぐらいだ。

でも今のわたしには、どの馬車に乗れば目的地に着けるのか分からない。

それに、急ぐこともないので、ゆっくりと王都を歩きながら購入した土地へ向かうことにする。

「フィナ、大丈夫？　疲れてない？」

「はい、大丈夫です。でも、凄《すご》い人です」

「そうだね。流石《さすが》王都というべきなのか、誕生祭のせいか、人は多いね」

「ユナお姉ちゃん、はぐれないように手を繋《つな》いでもいいですか」

「手を……」

クマさんパペットを見る。

「これでいい？」

パペットの口でフィナの手を咥《くわ》える。

「はい、ありがとうございます」

フィナが嬉しそうにする。

購入した土地にやってきた。

「ここで合っているよね」

地図と周りを確認する。

「はい、たぶんここだと思います」

「でかくない？」

「広いです」

地図の場所が示した土地は広かった。

クリモニアでクマハウスを建てた土地の4倍以上の広さがある。つまり、クマハウスが4つ並ぶほどの大きさがある。クマハウスは4つもないけどね。

隣の家を見ると離れている。

確認のため、両隣の家の名前を地図で確認する。

「合っているね」

再度確認する。

「はい。ユナお姉ちゃん、こんな広い土地を買ったのですか？」

「みたいね」

まさか、こんなに広い土地とは思わなかった。

とりあえず、王都用に作っておいたクマハウスを出す。

旅用のクマハウスと違って大きいが、この土地の広さに建ててみると小さく感じられる。

土地の広さと家の大きさが合っていない。違和感がありすぎる。

まあ、それ以前に、外見がクマの時点で周りから浮いているんだけど。

「小さいね」

「はい」

大きいはずなのに、周りのお屋敷と比べると、小さく感じてしまう。

今度、もっと大きなクマハウスを作ったほうがいいかな？

いつまでも気にしていてもしかたないので、クマハウスの中に入ることにする。

「中はクリモニアの家と同じなんですね」

「まあね。違うと落ち着かないからね」

わたしはクマの靴のおかげで疲れていないが、歩き回ったフィナは疲れているだろうから、休憩がてら冷えた果汁を出す。

「このあとはどうするんですか？」

「う〜ん、ノアに言わないとダメだよね？」

「ノアール様、怒ってないといいですが」

「黙って出てきたからね。でも、起きてこなかったノアが悪いよ」

クマハウスで少し休んでから、エレローラさんの家に戻ることにした。

「ユナさん！　どうして、わたしを置いて出かけちゃうんですか！」

屋敷に戻ると、怒っているノアがいた。

「どうしてもなにも、朝食のあと、しばらく待ったけど起きてこなかったから」

「うっ……」

「それでいつ起きたの？」

「……お昼ちょっと前です」

俯《うつむ》きながら答える。

「それでもわたしが悪いと」

「起こしてくれてもいいじゃないですか」

今度は拗《す》ねたように言う。

「旅の途中なら起こすけど。それだけ寝たってことは、体が疲れていたんだよ」

疲労が溜《た》まっていれば、睡眠も必要になる。

「う～、分かりました。それでユナさんたちはどこに行っていたんですか？」

「商業ギルドに土地を購入しに行ってきたよ」

「土地を購入って。ユナさん、王都に住むんですか!?」

驚きの声をあげる。

「住まないよ。これからちょくちょく王都に来ると思うから、そのための家を建てようと思って」

「普通はちょくちょく来るからって、家を建てたりしないと思います」

まあ、それはそうだけど、本当の理由はクマの転移門を設置するためだ。

「それじゃ、ユナさんは出ていっちゃうんですか？」

「どうもわたしには、貴族の部屋は落ち着かないからね」

フィナがとは言わない。そんなことを言えば、フィナが責任を感じてしまう。

「寂しいです」

「遊びにも来るし、ノアもいつでも家に遊びに来ればいいよ。場所も近いし、いつでも会えるよ」

「それで、家ってもう建てたんですか」

普通ならおかしな質問だけど、クマボックスからクマハウスが出てくることを知っているノアは尋ねてくる。

「クリモニアのと同じぐらいの大きさの家を建てたよ」

「……フィナも出ていくんですよね」

「はい。わたしはユナお姉ちゃんについてきましたので」

「ユナさんも、フィナも、くまゆるちゃんも、くまきゅうちゃんもいなくなるのは寂しいです」

ノアが見て分かるほどに落胆《らくたん》する。

別に今生《こんじょう》の別れになるわけじゃない。まして、同じクリモニアの街に住んでいるんだから、いつでも会える。

「まだ出ていかないからそんな顔はしないで。エレローラさんに挨拶《あいさつ》もしないといけないし」

だから、あと一日だけお世話になることにする。

寂しそうにするノアのため一緒にいてあげると、エレローラさんが帰ってくる。

「お母様、お帰りなさい」

「ただいま」

「エレローラさん。今日はありがとうございました」

商業ギルドの件と盗賊の件でお世話になったので、改めてお礼を言う。

「気にしないでいいわよ。わたしは紹介状を書いただけだし。盗賊の件も困っていたことだからね」

それでも感謝だ。いい場所の土地を紹介してもらったし、盗賊の件も処理をしてくれた。

「それで、場所はどうだった？」

「静かで人通りも少なくて、いい場所でしたよ」

予想以上に大きい以外はね。

「なら、よかったわ」

「盗賊のほうはどうなりました？」

「あれからすぐに派兵しておいたから、数日内には討伐されると思うわよ」

よかった。ちゃんと討伐隊が派遣されたらしい。

そして、食事をいただいたあと、ノアの希望もあって、3人で一緒に寝ることになった。

59　クマさん、メイドさんと花壇作りをする

翌朝、お屋敷を出ていく前にノアのお願いごとを聞くことになった。

「それじゃ、くまゆるちゃんたちと遊びたいです」

その願いを叶《かな》えるために、お屋敷の庭に向かう。

先日シアと試合をしたところだ。塀もあるので外からくまゆるとくまきゅうを見られる心配もない。

そして、試合のあとに召喚獣を見せることを約束したので、シアも一緒にいる。

本日は学園は休みで、私服を着ている。可愛《かわい》らしい服だ。

「本当に危険はないんですよね?」

「大丈夫ですよ。くまゆるちゃんとくまきゅうちゃんはとっても可愛いクマさんです」

心配する姉に妹が説明をしてあげている。

庭にやってくると、わたしは左右のクマさんパペットを前に出して、くまゆるとくまきゅうを召喚する。

「くまゆるちゃん、くまきゅうちゃん」

飛びだすノア。驚くシア。ゆっくりと近づくフィナ。

「お姉様。クマさんはとても賢いので、人に危害を加えたりはしませんよ。大丈夫ですから、やさしく撫《な》でてあげてください」

シアはゆっくりとくまゆるに近づいて触れる。

くまゆるが大人しいのが分かると、優しく撫でてみる。

「柔らかい」

「はい。とっても肌触りがいいです」

「それに綺麗《きれい》な毛並み。こんなの触ったことがないわ」

「はい、とっても気持ちいいんですよ。クリモニアから来るときもくまゆるちゃんの上で昼寝をしたりしたんですよ」

ノアはくまゆるの背中に乗る。

「お姉様も乗ってください。気持ちいいですよ」

シアは不安そうにするが、ノアが差し出した手を握り、くまゆるの背中に乗る。

「本当に大人しいわ」

くまきゅうにはフィナが乗る。

シアも安全と分かると、くまゆるとくまきゅうと戯《たわむ》れ始める。

大丈夫そうだね。

庭でノアたちがくまゆるとくまきゅうと遊んでいると、スコップを持ったメイドさんがやってきた。

名前はスリリナさん。

シアとの試合のときや食事のときにお世話になっているメイドさんだ。

「ノア様！　シア様！」

スリリナさんは慌てて持っているスコップを剣のように構える。

「どうしてクマが！」

「あのクマはわたしの召喚獣だから危険はないよ」

今にも襲いかかりそうな勢いのスリリナさんを止める。

「ユナ様の召喚獣？」

「うん。だから、スコップは下ろしてくれるかな」

「スリリナ、大丈夫ですよ」

ノアがメイドのスリリナさんに気づき、くまゆるとくまきゅうの安全を証明するように抱きつく。

スリリナさんは少し悩んでノアたちの様子を見てからスコップを下ろしてくれる。

「それにしても、ユナ様の召喚獣ですか。格好《かっこう》もそうですが、ユナ様はいろいろと驚かせてくれますね」

スリリナさんは微笑《ほほえ》む。

「それで、皆さんはなにをしているのですか？」

「クマさんと遊んでいるんですよ」

「2人との約束でね。不安がらせてごめんね」

「いえ。ちょっと驚きましたが、危険でないと分かれば大丈夫です」

スリリナさんはくまゆるとくまきゅうと遊ぶノアたちを見て安心している。

「ユナさん、お屋敷を一周してきていいですか？」

「いいけど、あまり目立つことはしないでね」

「はい。それじゃフィナ、勝負です！」

くまきゅうに乗るフィナに指をさす。

「だから、目立つことはしちゃダメだよ。くまゆる、くまきゅう、走っちゃダメだからね」

わたしの〝走るの禁止命令〟で、ノアは悲しそうな顔をする。

「ユナさん……」

「ダメなものはダメだよ」

「分かりました」

ノアは渋々頷《うなず》くと、ゆっくりとくまゆるを歩かせ始める。

「それで、スリリナさんはスコップを持って、どうしたんですか？」

まさか、くまゆるとくまきゅうと戦うために持ってきたんじゃないよね。

「わたしは、奥様より花壇を作る許可をもらいましたので、花壇を作るために来ました」

「まさか、一人で？」

「はい、花壇を作るのはわたしのわがままですから。時間をかけてゆっくりと作るつもりです」

そうはいっても大変な作業なのは変わらない。

どのくらいの大きさの花壇を作るのかは分からないけど、一人じゃ大変なのは分かる。

「わたしも手伝おうか？」

「よろしいのですか？」

「うん、今日は出かける予定もないし、あんな状況だしね」

わたしはお屋敷を一周するために歩いているくまゆるに乗るノアたちの後ろ姿を見る。

後ろ姿からでも楽しそうにしている様子が分かる。

その様子をスリリナさんと微笑ましい気持ちで見送る。

「可愛らしいクマさんですね」

くまゆるとくまきゅうの小さなシッポが左右に揺れている。

わたしはスリリナさんと一緒に花壇作りを始める。

「花壇の大きさはどのくらいにするの」

「そうですね。ここからあそこまでの予定です」

意外と広い。この広さを一人でやろうとしていたのかな。一日でやるつもりではないと思うけど、かなり大変な作業だ。

「それじゃ、指示をお願い。魔法でやっちゃうから」

「ユナ様は、土魔法をお使いになれるんですね」

「スリリナさんは？」

「ほんの少しだけです。冒険者の皆さんほど、戦ったりなどはできませんが」

スリリナさんは地面に手を向けると、地面が軽く盛り上がる。

わたしとメイドのスリリナさんの花壇作りが始まった。

ブロックで花壇の枠を作ったり、水はけをよくしたり、花壇用の土を用意したりする。

そんな感じで花壇を作っていく。

本当に魔法は便利だ。元の世界ではできなかったことができるのは楽しい。この世界に来て失ったものも多いが得たものも多い。

花壇は順調に完成に近づいていく。

その間にノアたちの妨害などもあったりしたが、途中からノアたちも手伝ってくれた。

「ユナ様、そちらをお願いしてもいいですか？」

スリリナさんの性格なのか、わたしがスリリナさんの指示を的確にこなしてしまうためなのか、意外と細かい指示を出される。

まあ、わたしも調子に乗ってしまった部分もあるけど、かなり完成度が高い花壇が出来上がった。

「ユナ様、ありがとうございました。まさか、一日で終わるとは思いませんでした」

「それで植える種はあるの？」

「はい、奥様の好きな花の種を用意しています」

「綺麗《きれい》に咲くといいね」

「はい、頑張って育ててみせます」

花壇を作り終え、静かだなと思って庭を見渡すと、2匹のクマと3人の女の子が気持ちよさそうに寝ていた。

遊んだり、花壇を作るのを手伝ったりして、疲れたんだろう。

顔に泥がついたままだ。ハンカチを出して、3人の顔を拭《ふ》いてあげる。

「ふふ。これは、お風呂に入らないとダメですね」

スリリナさんが汚れている3人を見るが、スリリナさんも土作業で汚れている。

わたしはクマさん装備のおかげで汚れていないけど、3人はお風呂に入らないとダメだね。

わたしが寝ている3人を起こそうとしたら、庭にエレローラさんがやってきた。

「みんなで庭でなにをしているの？」

「奥様、お帰りなさいませ」

「あら、3人とも気持ちよさそうに寝ているわね」

くまゆるとくまきゅうに抱きついて寝ている3人を微笑ましげに見る。

「あのクマがユナちゃんの召喚獣？」

「黒いほうがくまゆる。白いほうがくまきゅうです」

「可愛い名前ね。触っても大丈夫？」

「危害を加えなければ大丈夫です」

エレローラさんはくまゆるに近づいて触る。

「温かくて肌触りがいいわね。これなら眠りたくなる気持ちも分かるわ」

くまゆるとくまきゅうに抱きついて寝ている3人の娘たちを見て微笑む。

「それで2人はなにをしていたの？」

「花壇を作っていました」

スリリナさんは、作った花壇を見せる。

「ああ、先日言っていた花壇ね。これ一日で作ったの？」

「はい、ユナ様の魔法が素晴らしく、わたしのイメージどおりに作ってくださいました」

「そうなの？　ユナちゃん、ありがとうね。なにからなにまで迷惑をかけるわね」

綺麗に出来上がった花壇とクマたちに囲まれて寝ている娘たちを見る。

「これはなにかお礼をしないといけないわね」

「別にいいよ。わたしも楽しんで作ったから」

「それじゃ、お礼に今日の夕食は豪華にいきましょう。スリリナ。料理長に伝えておいてね」

エレローラさんはスリリナさんに頼むと、寝ている3人娘のほうを見る。

「それじゃ、そろそろ3人を起こしましょうか」

くまゆるとくまきゅうに抱きついて寝ている3人娘を揺《ゆ》する。

「お母様?」

ノアは眠そうな顔で母親を見る。

「おはよう。3人ともよく寝てたみたいね」

3人を起こし、くまゆるとくまきゅうを送還すると3人は悲しそうな顔をした。

なぜにフィナまで。

わたしたちは食事の前にお風呂に入り、綺麗になってから夕飯をご馳走《ちそう》になった。

60 クマさん、ジャガイモを手に入れる

クマハウスで目が覚める。

昨日はエレローラさんの家で夕飯をいただいたあと、クマハウスに戻ってきた。

「ユナお姉ちゃん、いいの？」

「いいよ」

フィナは昨日の夕食のときに、ノアとお出かけをする約束をした。

ミサも誘うと言っていたので、3人で王都見物をするつもりのようだ。

「はい、お小遣いだよ。3人でいろんなところに行くんでしょう。少し多めに渡しておくから、自由に使っていいよ」

わたしはフィナにお金を渡してあげる。

「でも……」

お金を受け取ろうとはしない。

「フィナを王都に誘ったのはわたしなんだから気にしないでいいよ。お金がないからって、2人に迷惑をかけたくないでしょう」

「……うん、分かった。でも、ちゃんと働いて返すから」

やっとお金を受け取ってくれる。

「フィナは十分に解体作業で頑張ってくれているんだから。ボーナスだよ」

「ボーナス？」

わたしの言葉を理解できなかったのか、首を傾《かし》げる。

「いつも頑張っているから、特別なお給金みたいなものだよ。だから、気にしないで使っていいからね」

「ユナお姉ちゃん、ありがとう」

フィナはポケットのアイテム袋にお金をしまうと家を出ていく。

さて、フィナも出かけたことだし、わたしも王都見物に出かけることにする。

王都を歩くと相変わらず視線を集める。

「くま？」「クマさん？」「お母さん、あれって熊？」「可愛《かわい》い」「なにか、イベント？」などの声が聞こえてくる。

向けられる視線は、物珍しそうなものぐらいだ。恥ずかしいけど、もしもの場合を考えれば我慢をするしかない。

わたしを異世界に連れてきた神様も、せめて出歩いても違和感がない服に能力をつけてほしかったものだ。

せめて、わたしがゲームで使用していたカッコいい装備とか、いろいろとあっただろうに。

なぜにクマ装備なんだか。これが男だったら完全にアウトだよ。

わたしは神様に愚痴《ぐち》をこぼしながら王都の中を歩く。


適当に歩いていると、広場みたいなところに行き着いた。

ここは旅商人の露店が並んでいるのかな。

ちょっとした広場の地面に広げられた布の上に、いろいろな商品が並べられている。

これは珍しいものがあるかもしれない。

わたしが店を覗《のぞ》くたびに店の人に驚かれるが、悪意の視線はない。

「これは……」

わたしの足が止まる。

「うん？　可愛い格好をした嬢ちゃん、いらっしゃい」

30歳すぎの男性が力ない言葉で言う。

店には野菜が並んでいる。その中に売れ残っていると思われるものが一つあった。

「もしかして、ジャガイモ？」

そう、クリモニアでも見かけなかったジャガイモが売られている。

たまたまなかったのか、売っていなかっただけなのか分からないけど、見かけなかった。

「そうだよ。嬢ちゃん、買っていくかい」

やっと出会えたジャガイモ。

だから、わたしは言った。

「全部ちょうだい」

「はい？　クマの嬢ちゃん、いくらジャガイモが人気がない食べ物だからといって、クマの嬢ちゃんのお小遣いで全部は買えないぞ」

男性は少し怒りだした。

まあ、わたしが冒険者でお金を持っているとは思わないからしかたない。

「いくらなの？」

「そうだな。これぐらいだ。払えるなら全部売ってやる」

ぶっきらぼうに金額を提示する。わたしには払えないと思っているのだろう。

でも、わたしの返答は、

「買った！」

「だから……」

わたしは指定された金額よりも少し多めに男性に差し出す。

「本当か？」

出されたお金を見て、男性は驚いたようにわたしを見る。

「買ってくれるのは嬉しいが、本当にいいのか？」

「買うよ」

蒸《ふ》かしてもいいし、ポテトサラダにしてもいいし。おやつにポテトチップや、フライドポテトを作ってもいいし、ジャガイモにはいろいろな食べ方がある。とりあえず、塩をかけたポテトチップが食べたいね。

「食べるなら気をつけて食べてくれよ。運が悪いと吐いたりお腹《なか》が痛くなるからよ」

「ああ、毒ね」

芽に毒があるんだよね。

「ジャガイモは美味《うま》いが、それがあるから買う人間は少ない」

「ジャガイモの芽や緑色になっているところには毒があるからね。それさえ気をつければ、大丈夫だよ」

「……それは本当か？」

「なんのこと？」

「今、言ったことだ」

「本当だけど？」

元の世界では常識だ。

「確かに、芽が生《は》えだした時期に腹痛とか起きた話を聞くな。でも、クマの嬢ちゃんはなんで、そんなことを知っているんだ」

「わたしが生まれ育ったところじゃ当たり前のことだからね」

「そうだったのか。だが、理由が分かれば、売れる。嬢ちゃんありがとうな」

腹痛の原因が分からなかったら、確かに口に入れるのは怖い。でも、原因が分かれば美味しい食べ物だ。

フグと同じだ。

だからクリモニアじゃ見かけなかったのかな？

「おじさんの村の場所教えてくれない？　今度買いにいくから」

「それは嬉しいが、遠いぞ」

紙を出して地図を描いてもらう。

ここは王都で、ここはもしかしてクリモニア？

「クリモニアの街から近いみたいだね」

「クマの嬢ちゃん、クリモニアを知っているのか？」

「うん、クリモニアに住んでいるからね」

「そうか、クマの嬢ちゃんが本当に買ってくれるならクリモニアの街まで運ぶぞ？」

「いいの？」

それは助かる。孤児院の子供たちに食べさせてあげたい。

「ああ、王都でもあまり売れなかったからな。もし買ってくれるなら、クリモニアの街のほうが近いから俺も助かる」

「うん、買うよ。それじゃ、今度クリモニアの街に来たら孤児院に運んでもらえる？　話をしておくから」

「孤児院？」

「そこに知り合いがいるから。あと、これ前金ね」

先ほど払った金額と同じだけ渡す。

「いいのか。もし、俺が街に行かなかったら」

「そしたら、村に取り立てに行くよ」

「冗談だ。ちゃんと持っていくよ。俺はザモール」

「わたしはユナ」

「それで、このジャガイモはどうする？　どこかに運ぶなら手伝うが」

「いいよ。しまうから」

わたしは山積みになっているジャガイモをクマボックスにしまっていく。

これでポテトチップが作れる。

フライドポテトもいいし、楽しみだ。

「凄いクマの嬢ちゃんだな」

わたしがジャガイモをしまっていく姿を不思議そうに見ている。

露店に出ていたジャガイモが全てクマボックスに入った。

「他にもあるなら買うけど」

「ジャガイモはこれで全部だ。他にも野菜を売っているが、どうする」

その他の野菜を見るが、どこにでも売っているものばかりだ。無理に買う必要はない。

「それで、俺はいつクリモニアの街に行けばいい？」

王都にどのくらいいるか分からないし、じゃがいもは買ったから、すぐに必要ではない。

「1か月後ぐらいでいいかな」

「分かった。かならず行くよ」

おじさんと別れて露店を見て回る。

美味《おい》しそうな串焼きを買って食べて、珍しい食べ物があれば買って食べて、欲しい食材があれば購入する。見たことがない食材があれば試しに一つ買い、美味しければ大量に買い込む。

全てを見回ったわけじゃないけど、やっぱり、醤油《しょうゆ》、味噌《みそ》、お米がない。

醤油をつけてお寿司とか食べたい。タコとかイカでもいい。焼いて食べたい。

でも、今日はジャガイモが手に入ったからよしとする。

帰ってポテトチップとフライドポテトでも作るかな。

少し早いけど帰ることにする。

クマハウスに戻ったが、フィナはまだ帰っていなかった。

それじゃ、一人で作って食べようかな。

キッチンに向かいジャガイモを取り出すと、薄くスライスして油で揚《あ》げる。

パチパチといい音がしてカラッと揚がる。

お皿にのせて塩をふりかける。

懐かしの塩味のポテトチップが完成する。

他の味つけができないのが残念だけど、わたしはポテトチップを一枚口に入れる。

「美味しい」

ああ、懐かしいポテトチップの味。

喉《のど》が渇《かわ》くから飲み物も用意する。

ポリポリとポテトチップを食べているとフィナが帰ってきた。

「ユナお姉ちゃん、ただいま」

「お帰り」

フィナは少し疲れた様子だ。

「楽しめた？」

ポリポリ。

「はい、楽しかったです」

それじゃ、どうしてそんなに疲れた感じなのかな？

いろんなところに行って疲れたのかな？

「ユナお姉ちゃん、これはお返ししますね」

フィナはお金が入ったアイテム袋を出す。

「まだ必要になるかもしれないから、持っていていいよ」

ポリポリ。

話を聞くと、お金は全てノアが払ってくれて使わなかったそうだ。

今度、ノアにお礼をしないといけないね。

「それでユナお姉ちゃんはさっきから、なにを食べているんですか？」

ポリポリ。

「ポテトチップだよ」

先ほどから手が止まらない。

「ぽてとちっぷ？」

フィナは首を傾げる。

「食べる？」

「はい、いただきます」

フィナの前にお皿を差し出す。

ポリポリ……。

「美味しいです」

「口に合ってよかった」

フィナはもう一枚食べる。

「好きなだけ食べていいよ。まだまだたくさんあるから」

「ありがとうございます。これ、売っていたんですか？」

美味しそうに食べながら尋ねてくる。

「ジャガイモが売っていたから、わたしが作ったんだよ」

わたしの言葉にフィナが少し驚いた顔をして手を引っ込める。

「フィナ、ジャガイモを知っているの？」

「ジャガイモを食べるときは気をつけるようにと言われたことがあります」

なるほどね。注意されたことはあるんだ。

「ジャガイモの芽や色が緑色になっているところを食べないように気をつければ大丈夫だよ」

「そうなんですか？」

「芽や変色している部分を食べると、お腹が痛くなったりするからね。運が悪いともっと酷《ひど》い目に遭《あ》う場合もあるから、気をつけないといけないんだよ」

わたしが説明をしてあげると尊敬の目で見られた。

「だから、安心して食べて大丈夫だよ」

ポリポリ。

パリパリ。

ああ、美味しい。

コンソメ味とか食べたいな。

流石《さすが》に再現はできないけど。

わたしが食べているのを見て、フィナもポテトチップに手をのばし食べ始める。
「簡単に作れるから、おやつにいいよ」
わたしはポテトチップの作り方を教えてあげる。
ポリポリ。
パリパリ。
2人で食べるとどんどんお皿の上にのっているポテトチップが減っていく。
夕飯にフライドポテトを作ってあげると、これもフィナに好評だった。

61　クマさん、王都の冒険者ギルドに行く

本日はノアの護衛依頼の報告をするために、冒険者ギルドに行く予定だ。

王都にある冒険者ギルドを見てみたいからでもある。

なので、今日もフィナにはノアと一緒にお出かけをしてもらうことにした。

わたしの格好《かっこう》とフィナの年齢のせいで、冒険者が絡んでくる可能性がある。

フィナにもしものことがあったらティルミナさんに申し訳ない。

そんなわけで一人で好奇《こうき》な視線を浴びながら冒険者ギルドに向かう。

冒険者ギルドは商業ギルドで聞いたとおり、クマハウスの近くの大きな通りをまっすぐに進むとあった。

王都の冒険者ギルドの建物はクリモニアよりも大きい。

ギルドが大きくなれば、冒険者の数も増える。

これって絡まれる可能性も高くなるってことだよね。フィナをノアに任せて正解だったかな。

今もギルドの中へ怖い顔をした冒険者が入っていく。

今からわたしもその中に入るんだよね。猛獣の檻《おり》の中に入る子猫の気分だ。

おまえも猛獣のクマだろう、などの突っ込みはなしでお願いします。

クマさんフードを深く被《かぶ》り、視線を合わせないように冒険者ギルドの中に入る。

入った途端に、視線がわたしに一気に集中する感覚に襲われる。

クマの格好、背の低い女の子、しかも一人、目立つ要素が多い。

ひそひそ話が始まる。

「なんか、可愛《かわい》い、クマさんが入ってきたぞ」

「ほんとだクマだ」

「クマね」

「可愛い格好ね」

「クマが襲ってきたぞ。誰か討伐しろ。ギャハハハハ」

「あんたね。冗談でもそんなこと言っちゃダメでしょう。女の子が怖がるでしょう」

「それじゃ、俺が討伐しようかな」

「あんたが近寄ったら、クマが逃げちゃうわよ」

ガタ。

奥で椅子《いす》が倒れる音がする。

「ブラッディベアー……」

奥にいた男が呟《つぶや》く。

「そのクマに手を出さないほうがいい」

「なにおまえ、震《ふる》えているんだよ」

「あいつには関わらないほうがいい」

男はそれっきり黙ってしまう。

「なんだ。あいつ」

「それよりも誰か声をかけろよ」

「それじゃ、俺が忠告してやるか」

2m近い巨漢が笑いながら近づいてくる。

「よう、クマのお嬢ちゃん。そんな可愛らしい格好でなにしにきたんだ。ここはお嬢ちゃんみたいな子が来るような場所じゃないぞ」

「依頼達成の報告に来たんだけど」

「依頼報告ってお嬢ちゃん、冒険者なのか？」

「そうだけど」

周りから笑い声がもれる。

「おいおい。いつからここは、こんな子供まで冒険者になれるようになったんだ」

テンプレの会話が出る。

どこにでもいる輩《やから》だから無視する。

男の横を通り抜けようとしたら、男の手がクマさんフードにのびる。

わたしのクマさんパペットがその手を掴《つか》み、ギルドの外へと投げ飛ばす。

冒険者たちはなにが起きたか分からず、わたしと外に投げ飛ばされた男を唖然《あぜん》として眺《なが》めている。

「なにが起きた？」

「今、片手で投げなかったか？」

「気のせいだろう」

周りが騒ぐ中、ギルドの外に飛ばされた男が戻ってくる。

「おまえ、なにしやがる」

男は頭を擦《さす》りながら、わたしに近づいてくる。そして、わたしに向けて手をのばして掴《つか》もうとするので、もう一度腕を掴んで外に放り投げる。

これって、正当防衛だよね。

わたしの行動にギルド内は静かになる。

「おまえ、なにをしたんだ」

「襲ってきたから、投げ飛ばしただけだよ」

3人の男がわたしを取り囲む。

「邪魔なんだけど」

「仲間にあんなことをして、ただですむと思っているのか。クマのお嬢ちゃん」

「いきなり襲ってきたのは、そっちでしょう」

いきなり掴もうとしたんだ。わたしは悪くない。

「ふざけるな！」

男たちが襲ってきたので、先ほどの男同様に腕を掴み、ゴミを放り投げるようにギルドの外へと投げ飛ばす。

これを3回ほど繰り返すと、ギルド内は今度こそ静かになった。

わたしがギルドの外に出ると、放り投げられた男たちは立ち上がろうとしていた。

「貴様……」

おかしい。冒険者ギルドに来ただけで、なんでこんなことになっているのかな。

本当にフィナを連れてこなくてよかったよ。

男たちは立ち上がると、わたしを睨《にら》みつける。武器を出さないだけ、まだマシなのかな。

男たちが迫ってくるので、わたしは魔法を使う。

風魔法を地上から上空に向けて発動させる。間欠泉のような風が男たちを吹き上げる。

男たちは一瞬で上空に舞い上がる。

意外と飛んだね。

地上からは米粒ほどの大きさにしか見えない。

その米粒が、声とともにだんだんと大きくなってくる。

「ぎゃああああああ」

「だれか～～～」

「死ぬ～～～」

「…………」

落ちる寸前に風のクッションを作る。

男たちは風のクッションに受け止められ、次の瞬間、再度空に舞い上がる。

数回繰り返し、叫び声が聞こえなくなったところで地面に下ろしてあげる。

「もう襲ってこないでね」

わたしは男たちに声をかけるが、男たちは聞いていない。地面に倒れたまま動かない。

気を失っているみたいだ。

これで、わたしに襲いかかってくる者はいなくなるかな。

男たちを放置してギルドの中に戻ろうとしたら、入り口では冒険者たちがわたしのことを見ていた。

その冒険者たちの中にいた女性が、わたしに向かって歩いてくる。

「あらあら、騒がしいと思ったら可愛らしいクマさんがいたのね」

女性が微笑《ほほえ》みながらわたしと倒れている冒険者を見ている。

エルフ？

髪は薄緑で長く、その髪から長い耳が見える。

色白で美人さんだ。

「凄《すご》い魔法を使うのね」

「正当防衛だよ。向こうが先に襲ってきたから身を守っただけ。そこで見ている冒険者たちが証言してくれるよ」

「そうなの？」

エルフの女性は振り返り、最前列の冒険者たちを見る。

冒険者たちは曖昧《あいまい》にだが頷《うなず》いてくれた。わたしのことを悪く言う者はいない。

「でも、少しやりすぎね」

それはわたしも思う。でも、この手の人種って人の話を聞かないからしかたない。

「まあ、いい薬になったでしょう。あなたたちも絡んだりして、トラブルを起こさないようにしなさい」

見ている冒険者たちに向かって忠告をする。

この人、何者なんだろう。冒険者かと思ったけど、周りの冒険者たちの反応や女性の発言から普通の冒険者ではないような気がする。

女性はわたしを観察するように見る。

「なるほどね。あなたが噂《うわさ》のクマさんね」

わたしのことを知っているの？

「えーと、あなたは？」

「わたしはこの王都の冒険者ギルドでギルドマスターをしているサーニャよ」

その言葉で周りの反応に納得した。

「あなたのことはグラン様から話を聞いているわ。盗賊団《とうぞくだん》を一人で討伐した、クマの格好をした女の子。グラン様が大袈裟《おおげさ》に言っているだけだと思ったけど、本当だったみたいね」

サーニャさんが放心状態の冒険者たちを見る。

数人の冒険者たちが介抱《かいほう》している。

意識を取り戻した冒険者もいるが、再《ふたた》びわたしに喧嘩《けんか》を吹っかけてくるようなことはしない。

ギルドマスターのサーニャさんもいるから、したくてもできないのだろう。

まあ、襲ってきたら、またお空の散歩に行ってもらうだけだけど。

でも、グランさんから話を聞いたって、どういうことなんだろう。

「とりあえず中に入りましょうか」

サーニャさんと一緒に建物に向けて歩きだすと、入り口にいた冒険者たちはサーニャさんのために道をあける。

ギルドマスターだから一目置かれているんだね。

「だから、あのクマに手を出すなって言ったんだ」

奥の席に座っている冒険者が呟く。

「おまえはあのクマのことを知っていたのか」

「ああ、怖さも強さも知っている。だから、やめろって言ったんだ」

そんな声が聞こえてくる。

もしかして、クリモニアの街にいた冒険者かな。

しかも、あの怖がり方。殴り倒した冒険者の一人かもしれない。

「それで、今日はどうしたのかしら？」

「依頼報告に来たんだけど」

わたしはノアの護衛の件を報告する。

サーニャさんはわたしを受付の一つに連れていくと、わたしの前に座る。

「それじゃ、ギルドカードと依頼達成書をいいかしら」

どうやら、ギルドマスター自《みず》ら、対応してくれるみたいだ。

わたしはギルドカードとエレローラさんのサインが入った依頼達成書を渡す。

「フォシュローゼ家の護衛の依頼ね。はい、これが依頼料。あとこれがグラン様からの護衛の依頼料ね」

「グランさんの？」

「先日グラン様が来てね。あなたが来たら依頼料と依頼達成の手続きをしてくれと頼まれたのよ」

だから、先ほどグランさんの名前が出てきたわけか。グランさんはちゃんとここまでの護衛を依頼扱いにしてくれていたんだ。

わたしは心の中で感謝して、お金を受け取る。

「ファーレングラム家の護衛もフォシュローゼ家と同様、ランクDの依頼扱いで処理させてもらうわね」

ギルドカードにランクD成功回数が2つ増える。

成功達成数が多いほど、冒険者としての信頼度は高くなるらしい。

このへんのデータはカードに登録されるため、水晶板がないと見られない。

「あと、クリモニアの街のギルドマスターから手紙を預かってきたんだけど」

わたしのトラブルを防ぐために預かった手紙だ。

結局、手紙を渡す前にトラブってしまって意味がなかったけど。今後、絡まれないとも限らない。

「ラーロックからね」

ギルドマスターの名前ってラーロックだったんだね。今、知ったよ。

知ったとしても今後も呼ぶことはないと思うけど。

ギルドマスターで通るし、今更、名前で呼ぶのもね。

サーニャさんは手紙を読んでいく。

「いろいろと手遅れだったわね」

わたしもそう思う。

「でも、了解よ。こちらとしても毎回トラブルを起こされても困るから、ギルド職員には伝えておくわ。でも、あなたのほうでも気をつけてね」

と言われても相手から絡んでくるんだからしかたない。

わたしは悪くないと言いたいが、クマの着ぐるみが原因の一つだから文句も言えない。

「それにしても、とんでもない討伐記録ね。タイガーウルフでも信じられないのに、ブラックバイパーの単独討伐」

水晶板に出ているわたしのギルドカードのデータを読み取っている。

いつも思うけど、あの水晶板とギルドカードって、どんな仕組みになっているのかな？

流石《さすが》ファンタジーの世界だ。

「これで、ランクDなんて信じられないわね」

サーニャさんはギルドカードを返してくれる。

依頼報告もすんだし、クリモニアのギルドマスターの手紙も渡したし、これで用はすんだ。

あとは軽くどんな依頼があるか覗《のぞ》いたら、王都見物の続きかな。

「それで、王都を見物したいんだけど、珍しいものを売っている場所ってどこかにあるかな？」

この王都に住んでいるギルドマスターのサーニャさんに尋ねる。

「珍しいもの？」

「食材でも道具でも、なんでもいいんだけど」

「そういうことは商業ギルドが詳しいんだけど。でも、今なら西地区かな。いろんな店が並んでいるし」

「西地区ね。今度行ってみる」

わたしはお礼を言って冒険者ギルドを出る。
冒険者たちも今度は無言でわたしを送り出してくれた。

62　クマさん、チーズを手に入れる

ギルドを出て露店が並ぶ広場に向かう。

まずは腹ごしらえをするために、優先的に食べ歩きをする。

露店の数が多いため、ゆっくり見ていると、数日では見終わる気がしない。

しばらく、露店を見ていると、見慣れた後ろ姿を発見する。

驚かせるためにゆっくりと後ろから近づく。なにかを熱心に見ているようで、近づくわたしには気づかない。

「フィナ！　ノア！」

露店を見ていた2人に後ろから声をかける。

「ユ、ユナさん!?」

「ユナお姉ちゃん！　どうしてここに？　冒険者ギルドは？」

驚いた2人が振り向く。

「もう終わったから、露店巡《めぐ》りだよ。それで2人はなにを見ていたの？」

2人が見ていたほうを見ると、なにか言い合っている声が聞こえてくる。

「お爺さんが変な食べ物を売っているとかで騒ぎになっているみたいです」

「変な食べ物？」

「なんでも、カビがついた食べ物らしいです」

カビって、そんなものがついていたら、騒ぎになるよね。

わたしは状況を確認するために、２人の前に出る。

そこには露店の前で喧嘩《けんか》しているお爺さんと若い男の人の姿があった。

「なに、そんなものを売っているんだよ。周りが迷惑するだろう！」

「これは、ただのカビではなくて」

「カビはカビだろう！」

「これは中を食べるものでして」

「そんなカビが発生したもの食えるかよ！」

お爺さんは一生懸命に説明をしようとするが、男は話を聞こうとせずに文句だけを言っている。

でも、わたしが気になったのは店に並ぶものだ。

あれは、間違いなくカビだ。でも、問題はそこじゃない。

あれはチーズだ。チーズだよ。間違いなくチーズだ。

そのまま食べてよし、パンに挟んでもよし。なによりもピザが作れるよ。

あとグラタンも食べたいな。でも、まだグラタンは作れないかな。

「2人とも、あれチーズだよ」

「ちーず?」

「知らないの?」

「はい、知りません」

「わたしも知りません」

どうやら、チーズのことを2人とも知らないみたいだ。

ということは滅多《めった》に手に入らないものってことになる。

これは是《ぜ》が非でも手に入れなくては。

「ですから、これは食べ物なんです」

「こんなもの誰も食わねえよ!」

2人は言い争っているようだけど、男が一方的にお爺さんに文句を言っているだけだ。

男はお爺さんの話を聞こうともしない。

わたしは口論している2人のところに向かう。

「ユナお姉ちゃん!?」

フィナが呼び止めるが、わたしは2人の間に入る。

「お爺さん。それチーズだよね」

「そうじゃが、知っているのかい。可愛《かわい》い格好《かっこう》をしたお嬢ちゃん」

「なんだ。いきなり、出てきやがって。それになんだ、その格好は。小娘でも邪魔をするとただじゃおかないぞ」

近寄って分かったが、お酒臭い。酔っ払っているみたいだ。

だから、お爺さんの言葉を聞きもしなかったんだ。

「これは食べ物だよ。そんなことも知らない人は黙っていて」

酔っ払いは無視することにする。

「こんなカビが生《は》えたものが食べ物だと。笑わせるな！」

酔っ払いはたちが悪い。人の話は聞かないし、無視したら言いがかりをつけてくる。

「おい、聞いているのか！」

男はわたしの肩を掴《つか》もうとする。

酔っ払いに言葉は通用しない。

わたしは腕を掴み、もう片方の手で男のお腹《なか》にクマパンチ弱を入れる。

男は体をくの字に曲げると倒れてしまう。

気を失っているが手加減はした。

わたしは倒れた男はそのままにして、お爺さんのほうを振り返り、なにもなかったかのように話しかける。

「お爺さん、大丈夫だった」

「ああ、助かった。ありがとう」

お爺さんは倒れている男とわたしを見比べている。

「それでお嬢ちゃんはチーズを知っているのかい」

「牛乳を醱酵《はっこう》させるんだっけ。詳しい作り方は知らないけど」

「そうじゃが、若いのによく知っているのう」

「お爺さん、味見してもいい？」

「もちろんじゃ、食べてみてくれ」

お爺さんはナイフで、チーズを薄く切ってくれる。

「ユナお姉ちゃん、食べるの？」

フィナとノアが心配そうに言う。

まあ、カビが生えているものを食べようとしているからしかたない。

「カビは表面だけだから大丈夫だよ」

わたしは一口サイズのチーズを口の中に入れる。

ちょっと味が濃いけど間違いなくチーズだ。

「フィナたちも食べる？」

2人は首を横に振る。美味《おい》しいのに。

「お爺さん、これ、売っているんだよね」

「ああ、村でお金が必要になったから、チーズでも売ろうと王都まで来たのじゃが、誰も買ってくれなくてな」

やっぱり、この世界ではチーズはあまり広まっていないみたいだ。

さっきの男といい、フィナもノアも知らなかったし。

「それじゃつまり、わたしが全部買ってもいいんだよね」

他には売っていない可能性が高い。これは買い占めたい。

「嬢ちゃん、買ってくれるか？」

「値段次第だけど。いくらなの？」

「本当は重さで売るんじゃが。ひと塊《かたまり》、これくらいになる」

お爺さんが提示した金額を見て。

「買うよ。全部ちょうだい！」

ジャガイモのときと同じように即決で買う。

「買ってくれるのは嬉しいが、本気か？」

お爺さんが信じられないというようにわたしを見る。まあ、誰も見向きもしなかったものを全部買うと言うんだから、信じられないだろう。

「うん、本気だよ」

わたしは証明するようにお金を出す。

お爺さんは驚きの表情を浮かべる。

「クマのお嬢ちゃん。ありがとう」

お金を見せたことで信じてくれたようだ。お爺さんは嬉しそうにお金を受け取ってくれる。

交渉が成立したところで、後ろが騒がしくなる。

見回りの兵士がやってきたらしい。

「ここで喧嘩が起きていると聞いたんだが。クマ？　……ユナ殿!?」

現れたのは盗賊団《とうぞくだん》のときにお世話になったランゼルさんだった。

「ユナ殿、ここでなにをしているのですか。それにここで争いが起きていると聞いたのですが」

「なにも起きていないよ。酔っ払いが暴れて、勝手に倒れて、寝ているけど」

先ほどクマパンチで倒れた男を見る。倒れた原因は違うけど、酔っ払っていたのは本当だ。

ランゼルさんも倒れている男を見てから、周辺の人たちを見る。

「本当ですか？」

疑うようにわたしに尋ねる。男の口から少し泡が出ている。

騙《だま》せないかな？

素直に本当のことを言うことにする。

「酔っ払いがお爺さんに喧嘩を売ってたから、それを助けただけだよ」

「クマのお嬢ちゃんが言っていることは本当じゃ。わしを助けてくれたんじゃ」

「ユナさんは悪くないです」

「ユナお姉ちゃんはお爺ちゃんを守って」

お爺さん、ノア、フィナが助け舟を出してくれる。さらに周りからも擁護《ようご》する言葉が飛んでくる。

まあ、酔っ払いよりも、着ぐるみの女の子のほうを擁護してくれるよね。

ランゼルさんは頭を掻《か》く。

「分かりました。今回は目を瞑《つむ》ります」

ランゼルさんは部下に男を運ぶように指示を出す。

「今回は酔っ払いが暴れたと処理しますが、ユナ殿もトラブルを起こさないようにお願いします。ユナ殿の格好はトラブルを呼びそうなんですから」

それについては反論ができない。先ほど冒険者ギルドでトラブルになったばかりだ。

「それでなくても、いろんなところから人が集まって、トラブルが多くて大変なんですから。本当にお願いしますね」

それは約束できない自分がいる。

「それでは、自分は行きますので」

ランゼルさんは頭を下げると部下と共に去っていく。

わたしはお爺さんとチーズの話を再開する。

「お嬢ちゃん、迷惑をかけたみたいじゃな。ありがとうな」

「気にしないでいいよ。わたしもチーズが欲しかったしね。もし、まだあるなら買うよ」

「すまないのう。村から持ってこられるだけ持ってきたが、これで全部じゃ。村に戻ればまだあるんじゃが」

　でも、お爺さんは悪くないのに謝ってくれる。

「それじゃ、村に行けばチーズはまだあるってことだ。よいことを聞いた。

「それは嬉しいが、村の場所を教えてくれる？　今度、買いにいくから」

「ちょっと、そんなに必要なのか。これだけでもかなりの量だと思うが」

「孤児院の子供たちの面倒を見ててね。今度このチーズを使った料理でも食べさせてあげようと思ってね」

「そうか。分かった、村に来るなら歓迎しよう」

「ありがとう」

「いや、礼を言うのはわしのほうじゃ。ありがとう。このまま売れなかったら困っていたからのう」

「そうなの？　それじゃ、少し多めに払っておくね」

「よいのか」

「いいよ。その代わり、村に行ったら安く売ってね」

「ああ、もちろんじゃ。王都に来ないですむぶん、こちらも助かる」

　お爺さんに村の場所を聞いて、買ったチーズを全てクマボックスにしまう。

　お爺さんと別れて、フィナとノアと一緒に露店を回ることになった。

「ユナさん、先ほどのちーずでしたか、本当に美味しいのですか」

ノアが嬉しそうにしているわたしに尋ねる。

わたしの頭の中はパンはもちろん、帰ったらピザを食べたい気持ちでいっぱいだ。

先日、ジャガイモも手に入っている。これはピザを作れと言われているようなものだ。

自然と笑みがこぼれていた。

「う～ん、人それぞれじゃないかな。わたしは好きだけど、嫌いな人もいるし」

「その……わたしにも食べさせてもらえますか？」

「わ、わたしも食べてみたいです」

「なら、今から帰ってピザでも作ろうか。ピザならほとんどの人が好きだから」

わたしが食べたいって理由が一番強い。

「はい、食べてみたいです」

わたしはクマボックスに入っている食材を思い出しながら、ピザに足りない食材を買い込んで、クマハウスに帰ることにした。

63 クマさん、お城に行く

まず、無駄に広い庭に石窯《いしがま》を作ることから始める。

昔、テレビで見た作り方を思い出しながら作ってみる。

こういうとき魔法って便利だよね。間違えても簡単に作り直せるし。

試行錯誤のすえ、石窯第一号が出来上がる。

わたしが石窯を作っている間に2人には小麦粉をこね回してもらっている。

生地が完成したところで、ピザにのせる具を用意する。

ジャガイモ、鶏肉、ピーマン、トマトに先ほど購入したチーズ。

それらをトッピングして石窯に入れる。あとはこんがりと美味《おい》しく焼けるまで待つだけだ。

チーズが溶けて美味しそうな匂いが漂《ただよ》ってくる。

「そろそろ、いいかな」

焼けたところで、取り出す。チーズがとろりと溶けて美味しそうだ。

「それがぴざですか？」

「美味しそうな匂いがします」

ピザを切り分けて、お皿にのせると2人に渡してあげる。

「熱いから火傷《やけど》しないでね」

2人に注意してから、自分の分を用意する。美味しそうだ。我慢する必要もないので、さっそく食べてみる。

チーズが伸びる。熱いがとても美味しい。

懐かしい故郷の味。

電話注文すれば30分以内に届けてくれたのが懐かしい。

わたしが美味しそうに食べているのを見て、フィナたち2人も食べ始める。

「あつっ。でも、美味しいです」

「本当に美味しいです」

「でしょう。なんで、みんなこんな美味しいもの食べないのかな?」

「この伸びてるのがチーズですよね。溶けるとこんなふうになるんですね」

「ジャガイモもホクホクして美味しいです」

「チーズとジャガイモは合うからね」

他の種類のピザも作りたいけど、材料がないからな。

海鮮ピザとか食べたいな、イカとか小エビとか貝とかのせたりして。

あと、ソーセージとかベーコンとかもいいかも。

とりあえず、今日はこの一種類で我慢することにする。

まあ、たくさん作っても食べきれないし。

この大きい一枚でさえ、わたしとちびっ子2人で食べきれるか疑問だ。

「冷めると美味しくなくなるから早く食べてね」

3人でピザを食べていると、遠くから走ってくる音が聞こえてくる。

現れたのは制服を着たシアだった。エレローラさんも走るし、この親子は走るの好きなのかな?

「お姉様、どうしてここに?」

「学園から帰ったらノアが家にいないから、ここだと思って来たのよ。それで、みんなはなにを食べているの?」

わたしたちが食べているピザについて尋ねてくる。まあ、見たことはないよね。

「ピザっていう食べ物だよ」

「ぴざですか?」

「薄くしたパン生地の上にいろんな具材とチーズをのせて焼いた食べ物かな?」

ちょっと違うかもしれないけど、簡単に説明をする。

「お姉様もどうですか? とっても美味しいんですよ」

わたしは余っているピザをシアに渡してあげる。

「これ、手で食べるのですか」

「普通は手で摑《つか》んで食べるね。嫌《いや》だったらフォークでも用意するけど」

貴族は手で食べるのに抵抗があるのかな？

でも、妹のノアは普通に手で食べている。

「大丈夫です。このまま食べます」

「熱いから気をつけてね」

シアは垂れ下がるチーズを上手に口に運び、ひと口食べる。

「……美味しいです」

シアも加わり、ピザが減っていく。みんな、よく食べるね。

「ミサ様と一緒に食べられないのは残念ですね」

そう言えば今日は一緒にいなかったね。

「しかたないです。ミサは今日は家族とお出かけするらしいですから」

だから、いなかったんだね。

「みんな、まだ食べるなら焼くけど、どうする？」

「わたしはもう少し食べたいです」

「わたしもお願いします」

「わたしも」

3人とも、まだお腹《なか》に入るみたいだ。

リクエストに応えて、先ほどと同じ材料でピザを焼くことにする。

この様子なら孤児院の子供たちも喜んでくれるかな。

わたしは新しく焼きあがったピザを3人に切り分ける。

「火傷だけは気をつけてね」

3人は「「「はい」」」と元気よく返事をして食べ始める。

大きな2枚のピザが4人のお腹の中に綺麗《きれい》に消えていった。

流石《さすが》に最後はみんな、お腹が苦しそうにしていた。

今度は少し小さめに作ることにしようと思う。


翌日の朝、エレローラさんがクマハウスにやってきた。

「おはようございます。こんなに朝早くどうしたんですか?」

「娘たちに聞いたけど、なんでも美味しい食べ物があるそうね」

それって昨日食べたピザのことだよね。

もしかして、エレローラさんはそれだけのために、こんなに朝早く来たの?

「朝から食べるものじゃないですよ」

「朝から食べないの?」

「食べる人もいるかもしれませんけど、普通はあまり食べませんよ」

朝からピザを食べたら胃がもたれてしまう。

「それは残念ね。昨日、娘たちが夕飯を食べなかったのよ」

ノアとシアの2人はお腹いっぱいにピザを食べていた。確かに夕食なんて食べられないよね。

「それで問い詰めたら、ユナちゃんのところでピザっていう美味しいものを食べたとか、とっても美味しそうに話すのよ。わたしだけ食べてないのは悔しいじゃない」

つまり、エレローラさんもピザを食べたいってこと？

どう見ても断れる感じはしない。

どうやら、2日連続でピザになりそうだ。

「はあ、分かりました。それじゃ、お昼に作りましょうか？」

「本当？　なら、お昼まで時間があるから、お礼としてお城を案内してあげるわね」

「お城？」

「うん、このあいだフィナちゃんがお城の中を見てみたいって言っていたのよ。だけど、お城って基本的に関係者以外は入れないのよね。でも、このわたしがいれば入れるわ。だから、午前中にお城を見学したら、お昼はピザにしましょう」

確かにお城の中を見学できる機会はそうないだろう。

フィナが見たがっていたのは知っているし、その案を了承する。

そんなわけでフィナと共にお城にやってきた。

「でも本当にノアに黙って来ていいの？」

クマハウスを出るときノアのことを尋ねた。前回同様、フィナとお出かけしたら拗《す》ねる可能性がある。

「いいのよ。いつまでも寝ているあの子が悪いんだから。クリフもちゃんと教育しているのかしら。今度会ったらちゃんと聞かないとダメね」

わたしたちの目の前には大きな建物がそびえ立つ。

城の入り口には大きな槍を持った兵士が2人立っている。

フィナは緊張して、わたしのクマさんの手を握っている。

エレローラさんはなにも言わないけど、わたしはこの格好《かっこう》で入っても大丈夫なのかな？

もし、入り口で止められたら、フィナだけでも見学をお願いすればいい。

「エレローラ様、おはようございます。そちらのお方はどちら様でしょうか」

そちらの方と言いながらわたしの格好を怪しむように見る。

まあ、それが仕事だからしかたないけど。

「わたしのお客様よ。お城の中を見せてあげようと思って。それがなにか問題でも？」

エレローラさんは威圧するように門兵に言う。

門兵はそんなエレローラさんに対して一歩下がる。

「いえ、そんなことはありません。仕事ゆえ確認をしただけです。どうぞ、お入りください」

門兵は敬礼をして、わたしたちを入れてくれる。

いいのかそれで。

わたしの心の突っ込みに誰も答えてくれない。

「2人ともどこか見たいところある？」

エレローラさんがわたしたちを見る顔は笑顔に戻っている。怒らせると怖いのかな？

「わたしは特にないけど」

そもそもお城になにがあるのか分からない。

「わたしもありません。もう、満足です」

フィナは門をくぐっただけで帰りたそうにしている。

憧れの気持ちでお城の中を見てみたいと言ったけど、いざお城の中に入ると、場違いで気後れする自分がいるんだろう。

「それじゃ、適当に歩きましょう」

でも、そんなフィナの気持ちを知らずにエレローラさんは歩きだす。

フィナは離れないように、わたしの側に寄ってくる。

まあ、せっかくのエレローラさんの厚意だ。今回は甘えて、お城の見学をさせてもらうことにする。

そんなわけで3人はお城の中を歩いている。

言葉で表すなら、大きい、綺麗、お城って感じだ。うん、説明になっていないね。

エレローラさんの案内でお城の中を歩いていくと、人とすれ違うたびにみんなエレローラさんに頭を下げていく。そして、次にわたしを見て驚いた顔をする。

そういえば、エレローラさんってなにをしている人なんだろう。お城で働いていることは知っているけど。

夫のクリフが領地を経営しているのだから、普通なら妻のエレローラさんも領主の仕事を手伝うものだと思うんだけど。

「エレローラさんはお城ではなにをしているのですか？」

「わたしの仕事？　雑用係よ」

「雑用？」

「騎士を従わせたり、書類を処理したり、国王の相談を受けたり、いろいろあるわよ。本当なら辞めてクリフのところに行きたいけど、国王や宰相や騎士のみんなが行かせてくれないのよ。それで、娘のシアが学園に通っている間だけ、お城で仕事をしているの。でも、今度ノアが学園に通い始めたら、またお城で仕事をする羽目になりそうね」

いまいち役職が分からないけど、もしかして、エレローラさんって凄《すご》く偉い人？

だから、みんな頭を下げるのかな。

詳しく聞くと怖いことになりそうなので突っ込むのはやめておく。

「それじゃ、次は騎士の訓練の様子でも見にいきましょうか」

中央の中庭を抜けて少し広めの訓練場に出る。

そこには甲冑《かっちゅう》を着た兵士がいた。剣や槍、武器を持って訓練している。

エレローラさんが訓練場に現れると、一人の騎士がやってくる。

「エレローラ様、このような場所にどうしたのですか。もしかして、訓練を見てくださるのでしょうか？」

「あなたたちがサボっていないか見にきただけよ。訓練に戻っていいわよ」

騎士は頭を下げると素直に戻っていく。

「ユナちゃんから見て、どう？」

「どうって？」

「騎士に勝てるかな」

騎士の皆さんがいる前でなんてことを聞くかな。

「勝てませんよ」

と答えておく。

騎士の皆さんはエレローラさんのほうをチラチラと見ている。

「みんな、ユナちゃんが気になるみたいね」

どうやら、エレローラさんでなくわたしを見ていたらしい。

まあ、お城で有名なエレローラさんが着ぐるみと小さな女の子を連れてきていれば気になるだろう。

訓練風景を見ていると、ゲーマー時代を思い出す。訓練は迫力があり、ゲームとは違う

凄みがあった。

わたしが熱心に見ていると、エレローラさんがとんでもないことを言いだす。

「ユナちゃん、一緒に訓練してみない？」

どのくらいの実力があるか、戦ってみたい気持ちはあるけど、ここでわたしが勝とうものなら、恨《うら》まれるのは必至だ。

ゲームならともかく、これからこの世界で生きていくならそんなことはしたくない。だから、答えは一つ。

「丁重にお断りさせてもらいます」

「あら、残念」

もしかして、わたしの戦うところが見たくてここに連れてきたのかな？

普通に考えたら、女の子を騎士の訓練場に連れてきたりしないと思う。フィナだって、黙ったままだ。

わたしは違う場所に行くことを提案する。エレローラさんは残念そうにして、別の場所に案内してくれることになった。

わたしが城の中に戻るために振り返ったら、走ってくる小さい女の子の姿があった。

「くまさんだ～」

ボフッとわたしの腰に抱きついてくる。

えっと、誰？

4、5歳ぐらいの女の子だ。
綺麗な洋服を着ている。

お城の中で綺麗な服を着ているって、もしかして……。

「これはフローラ様、どうしてここに？」

フローラ様？

もしかすると、もしかするのかな？

「おしろをさんぽしていたら、みんながくまさんをみたっていうからさがしていたの」

くまさんって、わたしのことだよね。

「どうして、くまさんがおしろにいるの？」

「くまさんはお城を見学中ですよ」

エレローラさんが答える。でも、くまさんって。

「そうなの？」

つぶらな目で見てくるので、わたしの選択肢《せんたくし》は頷《うなず》くことしかない。

「そうなんだ。なら、わたしのおへやにあんないしてあげる」

小さな手がわたしのクマさんパペットを握る。

どうしたらいいのか分からないので、エレローラさんを見る。

「なら、案内していただこうかしら」

「エレローラさん？」

「お姫様のお誘いは断れないでしょう」

やっぱり、お姫様だったよ。

でも、いいの？　お姫様の部屋だよ。

断りたいんだけど、断ったりできないよね。

それ以前にお姫様のお部屋に行っていいの？

王族の部屋だよ。

漫画や小説の知識しかないけど、一般の冒険者が入れるような場所じゃないよね。

「エレローラさん、まずいんじゃないの？　相手はお姫様だよ。わたしたち一般人だよ」

横にいるフィナなんて青白い顔で固まっている。

たぶんわたし以上に、雲の上の存在の登場に思考が止まっているのだろう。

「わたしが一緒なら平気よ。責任は全部わたしが持つから」

「くまさん、わたしのおへやにきてくれないの？」

上目遣いで悲しそうにわたしのことを見てくる。

逃げ道がない。

これは行くしかないのかな。

わたしにはクマさんパペットを握っている小さな手を振りほどくことはできない。

「行くから、泣かないで」

わたしは空いているクマさんパペットで頭を優しく撫《な》でてあげる。

撫でてから思ったけど、王族の頭なんて撫でてよかったのかな？

エレローラさんはなにも言わなかったから、大丈夫だよね。

フローラ様は嬉しそうにわたしの手を引っ張っていく。

フィナは青白い顔のままついてくる。

エレローラさんは微笑《ほほえ》みながらついてくる。

国王とか出てきたりしないよね。


そんなわけで、お姫様のお部屋に来ました。

部屋は、なんていうか、豪華だ。

豪華っていっても金ぴかの部屋とか、高価な壺《つぼ》や、高級な絵画があるわけじゃない。

綺麗な絨毯《じゅうたん》。

天蓋《てんがい》付きベッド。

柔らかそうな布団。

高級感があるテーブル、椅子《いす》、クローゼット、お値段が高そうな家具が置いてある。

そんな部屋だ。

それで、部屋に来たのはいいけど、これからどうすればいいの。フィナなんて固まっているよ。

「フローラ様、どうしましょうか。絵本でもお読みになりますか？」

「えほんつまんない」

エレローラさんが持ってきた絵本はお姫様と王子様の話だ。

その絵本を見て思ったことは、絵本なのに絵が可愛《かわい》くない。

絵本といえば可愛らしい絵で描かれてこそ絵本でしょう。

それが、こんなリアルっぽい絵で描かれているし。

「エレローラさん、紙と書くものありますか？」

「あるけど、どうして？」

「わたしが絵本を描くよ」

誰しも一度は憧れる漫画家の道。

わたしは別に目指していたわけじゃなく、なんとなく、描いていたときがあったのだ。

引きこもっていた時間は長い。だから漫画を描く時間はたくさんあった。

「ユナちゃんこれでいい？」

エレローラさんが紙と書くものを持ってきてくれる。

わたしは受け取って絵本を描き始める。

64　絵本　クマさんと少女　1巻

とある町に小さな女の子がいました。
女の子には大好きなお母さんがいました。
でも、お母さんは病気で寝たきりで動けませんでした。
女の子にはお父さんはいません。
女の子は病気のお母さんのために働いて薬を手に入れなくてはなりません。
でも、小さな女の子には仕事がありません。
誰も子供を雇ってくれないからです。
女の子は薬草を求めて森の中に探しにいきます。

森の中には怖い魔物がたくさんいます。
でも、大好きなお母さんのために薬草を探さないといけません。
でも、いくら探しても薬草は見つかりません。
危険ですが女の子は森の奥に行きます。

女の子は道に迷い、ウルフに囲まれてしまいました。
女の子は叫びます。
助けて、と。
でも、誰も助けてくれません。
お母さん、ごめんなさい。
薬草を見つけることができなくてごめんなさい。
ごめんなさい。ごめんなさい。
届かない謝罪をします。

少女はウルフに襲われそうになった瞬間、怖くて目を閉じました。
でも、いくらたっても襲われません。
目をゆっくり開けると、そこには死んでいるウルフがいました。
どうして？
女の子は周りを見ます。
そこにはくまさんがいました。

「大丈夫？」

くまさんが話しかけてきました。

「ありがとうございます」

女の子はくまさんにお礼を言います。

「どうして、こんなところにいるの？」

くまさんに尋ねられたので女の子は素直に話します。

くまさんはお話を聞いてくれました。

そして、くまさんの背中に乗るように言われます。

女の子はくまさんの背中に乗ります。


くまさんは物凄《ものすご》い速さで走ります。

くまさんが止まります。

そこには女の子が探していた薬草がたくさんありました。

女の子はくまさんにお礼を言って薬草を集めます。

これでお母さんの薬が作れます。

「くまさん、ありがとう」

くまさんは優しく微笑《ほほえ》んでくれます。

くまさんは近寄ってくる魔物を倒しながら、町まで乗せてくれました。

女の子はくまさんに何度も何度もお礼を言います。

くまさんは女の子の頭を優しく撫《な》でてくれます。

くまさんは手を振ると、森に帰っていきます。
女の子は最後に頭を下げると、病気のお母さんがいる家へと走りだします。
くまさんは森に帰っていきます。
女の子は持ち帰った薬草でお母さんの薬を作りました。
お母さんはありがとうと微笑んでくれました。
女の子も微笑みます。

ありがとう、くまさん。

65　クマさん、絵本を描く

まずは話の内容を考えないといけない。
やはり、ここはクマが題材がいいだろう。
なぜって、この子がわたし《クマ》のことを放さないからだ。
でも、クマが登場する絵本なんてあったっけ？
思いつくのは金太郎に出てくるクマぐらいだ。
あとは、歌の『森のくまさん』ぐらいかな。
自分の幼いころを思い出してみるが、知らないものは思い出せないことが分かった。
ここはやっぱり、身近な話を題材にするしかない。
わたしは一人の少女の絵を描き始める。
フローラ様はわたしの横でじーっと見ている。
紙に絵を描いていくのが不思議なのか静かにしている。
少女のモチーフはフィナだ。
モチーフがあると絵も描きやすい。

「フィナちゃんにそっくりね」

紙にはデフォルメされたフィナの絵が描かれている。

「まあ、フィナの実体験をもとに話を描こうと思っているので」

「あら、そうなの？」

その題材になっているフィナは、離れた場所でメイドさんにもらった飲み物を緊張しながら飲んでいる。

平民がメイドさんにお茶を用意させる経験なんてなかなかできないだろうから。

わたしは話に合わせて数枚の絵を描いていく。

ついにわたし《クマ》が登場する場面を描くことになる。

「あら、可愛《かわい》らしいクマさんね」

デフォルメされたクマさん（わたしの役）を描いていく。まあ、登場するのはわたしではなく、デフォルメされた本物のクマだ。

本当は色があるといいんだけど。でも、黒色だけでも上手に描けていると思う。

今度、色ペンでも探してみるのもいいかもしれない。

「わぁ……」

フローラ様は目を輝かせながらクマさんの絵を見ている。

「それにしても、こんな可愛い絵、初めて見たわ」

「そうなの？」

「何人か絵描きに知り合いがいるけど、こんな絵見たことがないわ」

女の子とクマさんの出会いのシーンが描きあがる。

「おんなのこどうなるの？」

フローラ様が聞いてくる。

でも、ここはあえて答えないでおく。

「描いてからのお楽しみです」

「それじゃ、はやくかいて、はやくかいて」

続きを描き始める。

それから、数枚の絵を完成させる。

最後は女の子が町に戻り、クマさんが森に帰っていくシーンを描いて絵本を完成させる。

「できた……」

数時間で描いたけどなかなかの力作だ。

プロの絵本作家じゃないからこんなもんだろう。

わたしは紙を整えてフローラ様に渡してあげる。

「くまさん。わたしにくれるの？」

「読んでもらえると嬉しいかな？」

「くまさん、ありがとう」

嬉しそうに絵本を受け取ってくれる。

「フローラ様、よかったですね。あとでバラバラにならないように製本しておきますね」

フローラ様は嬉しそうに絵本を読んでくれている。

喜んでもらえてなによりだ。

数時間で描けたのはクマの力ではなく、わたしの実力だ。

初めてこの世界でわたし自身の力が役に立った気がした。

わたしが背すじを伸ばし肩をほぐしていると、ドアがノックされ、メイドさんが入ってくる。

「フローラ様、お食事の時間です」

「それじゃ、わたしたちも行きましょうか」

エレローラさんが立ち上がる。

それにならい、わたしも椅子《いす》から立ち上がる。

エレローラさんにピザをご馳走する約束がある。

「くまさん、かえっちゃうの?」

エレローラさんがフローラ様にお別れを告げると、わたしの服を掴《つか》み嫌《いや》がった。

「えーと、フローラ様。また今度来ますから」

「ほんとう?」

「しばらくは、王都にいますから、また来ますよ」

「うん、わかった」

服から小さな手が離れる。

「フィナも帰るよ。いつまでも、青ざめてないで」

「ユ、ユナお姉ちゃん？」

フィナが現実に戻ってくる。今まで違う世界に行っていたみたいだ。

フィナが絵本の内容を知ったら意識を失いそうだから黙っておこう。


フローラ様と別れ、お城を出る。

結局、見学ができた場所は騎士の訓練場とお姫様のお部屋だけになってしまった。

でも、お城の通路や外観も十分に堪能できた。

肝心《かんじん》のフィナが楽しめたかどうかは疑問だけど。

クマハウスに戻ってくると、ノアが玄関の前に座っていた。

わたしたちに気づくと立ち上がり怒り始めた。

「みなさん、どこに行っていたんですか！」

「お城だけど」

今朝のことを簡単に説明する。

「お母様！　どうして、黙って行っちゃうんですか。わたしも連れていってください」

「だって、あなた起きないから」

エレローラさんは平然と答える。

「それに、お城行きはユナちゃんの家で決めたから、誘いようがないわ」

「一度、家に戻ってくるとか、いろいろあると思います。のけ者にしないでください」

「なら、早く起きることね」

「うぅ……分かりました。でも、今度はちゃんと起こしてください」

「寝言で、『もう少し……』とか言わなければね」

ノアは真っ赤な顔をして黙ってしまった。

「でも、よく、わたしがここにいるって分かったわね」

「スリリナが、お母様がピザピザと呟《つぶや》きながら出ていきましたと言っていましたから、すぐに行き先は分かりました。でも来たら誰もいないし。わたしだって、もう一度ピザが食べたいです」

「それじゃ、今から作るところだから、手伝ってもらえる？」

石窯のところに向かい、ピザの準備に取りかかる。

といっても、昨日準備した材料がそのままクマボックスに入っている。

なので食材を切ってトッピングして焼くだけだ。

準備も終わり石窯にも熱が籠《こも》り、ピザを入れる。

石窯の中でピザが焼けていく。

「いい匂《にお》いがするわね」

「こんな美味《おい》しいものなら毎日食べたいです」

「太るよ」

太ったノアは見たくない。

「これ、太るんですか⁉」

「油が多いからね。多くても月に数回がいいよ。それに食べすぎると飽きるし、なにごともほどほどが一番だよ」

いろんなトッピングがあれば飽きないこともないんだけど。

また、王都の中を調べて食材探しをしないと。

特に、お米、醬油《しょうゆ》、味噌《みそ》が欲しい。

ピザが焼きあがったので石窯から取り出す。

4人分に切り分けてお皿にのせる。

「それじゃ、いただくわね」

「熱いから気をつけてくださいね」

初めて食べるエレローラさんに注意しておく。火傷《やけど》なんてされたら、困るからね。

「あ、熱い！　でも、本当に美味しい」

チーズを伸ばしながら美味しそうに食べる。

「はい、美味しいです」

わたしはみんなが食べている間にもう一枚焼く準備をする。

昨日は4人で2枚はお腹《なか》が苦しかった。

今日も4人。でもエレローラさんは大人だから、2枚でちょうどいいだろう。

「ユナお姉ちゃん。わたしがやります」

食べているフィナが手伝いを申し出る。

「フィナは食べてていいよ。こっちはすぐに終わるから」

「でも……」

「気にしないで」

「うん」

フィナは申し訳なさそうにする。

気にしなくていいのに。

2枚目の準備も終わり、それが焼きあがるまでにわたしもピザを食べる。

順調に2枚目も焼きあがり、エレローラさんにもピザは好評に終わった。

エレローラさんが食べてくれたので、4人で2枚はちょうどいい量だった。

「確かに、少し油っぽいから、なにかさっぱりしたものが欲しくなるわね」

「それなら、口直しにプリンでも食べますか？」

「食べます！」

ノアが手を上げて叫ぶ。

「プリン？　なにかしら」

「甘くて美味しい食べ物です」

ノアがわたしの代わりに説明をしてくれる。

まあ、食べてもらったほうが早いので、クマボックスからプリンを取り出す。

「これがプリン？」

「一人一個ね」

プリンの在庫も残り僅《わず》かになっている。

王都に来る途中や、王都に来てからも何個か食べている。

それに食事のときにも使っているから、卵の在庫も少ない。

一度、クリモニアに戻って卵を確保してくるかな。プリンを食べながら、卵について考える。

「なにこれ。ピザも美味しかったけど、このプリンも美味しい。お店を出せば売れるんじゃない？」

「もし、店を出したら、わたし毎日買いにいきます」

親子が仲良く褒めてくれる。

コケッコウが増えて、もう少し卵が増えれば可能だけど、今ってどのくらいコケッコウがいたっけ？

その辺りはリズさんとティルミナさんに任せてあるから把握していない。

今度クリモニアに戻ったら、ティルミナさんに聞かないといけないね。

エレローラさんとノアはもっとプリンを食べたそうにしていたが、在庫が心許ないから我慢してもらう。

いくらなんでも食べすぎはよくない。

「ユナちゃん、今日はありがとね」

「わたしもお城見学楽しかったです。ありがとうございました」

嘘《うそ》は言っていない。お城の中が見物できたことは十分に楽しめた。

もっとも、一番見たがっていたフィナが楽しめたかは疑問だけど。

ただ、お姫様の部屋にお呼ばれされるとは思わなかった。

66　クマさん、ノアのために頑張る

王都に来て数日が過ぎた。

盗賊団《とうぞくだん》が討伐されたとの報告も受けた。

捕まっている人たちも無事に救いだされたそうだ。

ただ、すでに亡くなっている人もいるとのこと。わたしはもらうはずだった報奨金を被害者やその家族に渡すようにお願いした。

お金はわたしより、その人たちのほうが必要だ。

でも、アイテム袋だけは有効利用ができそうなのでもらっておいた。


今日はフィナとノア、ミサの３人を連れて王都見物を楽しんでいる。周りからの視線は相変わらずだけど、フィナたち３人もいるし、危険なところには近寄らないので、トラブルにはなっていない。

でも、今歩いているところは冒険者ギルドの近くだ。大丈夫だとは思うけど、少し離れたほうがいいかな？

「ユナさん、なにか前のほうで騒ぎみたいです」

ノアの見る先には冒険者ギルドがある。目を向けると、冒険者ギルドの中に入っていく冒険者が多くいる。

どの冒険者も慌てている様子だ。

なにかあったのかな?

「ちょっと気になるからギルドを見てくるけど、3人はどうする?」

「わたしも行きます」

「「わたしも」」

3人は同行を示す。

まあ、依頼を受けるわけでもないし、大丈夫かな。なにかあればギルドマスターのサーニャさんを頼ればいいし。

冒険者ギルドの中に入ると、騒がしくしている者、心配そうな顔をしている者、悩んでいる者。さまざまな冒険者がいた。

そんな中、叫んでいる冒険者の声が聞こえる。

「どうなっているんだ」

「ただいまギルドマスターが調査の結果を吟味《ぎんみ》中です。すぐにギルドから発表がありますからお待ちください」

多くの詰め寄る冒険者に一生懸命にギルド職員が対応している。

「ユナお姉ちゃん。なにかあったのかな？」

「みたいね」

とりあえず、説明をしてくれそうな人がいないか見渡してみる。

ギルドマスターのサーニャさんがいるわけもなく、手が空いているギルド職員もいない。

「ユナ？　それにミサーナ様たちも」

声をかけられたほうを見ると、グランさんの護衛をしていたマリナたちがいた。

「マリナ？　わたしたちは何か騒ぎになっていたから、見に来たんだけど、なにかあったの？」

わたしは騒ぎになっていることをマリナの尋ねる。

「なんでも、魔物の群れが発見されたらしいわ。そのときに何人か冒険者が亡くなっているみたいなの。その報告を受けたギルドが調査させたんだけど、どうもいい情報じゃないみたいなの」

「今、分かっている情報はあるの？」

「ゴブリン、ウルフ、オークの群れが見つかっている。あと、空にワイバーンが数体いるのを見た冒険者もいる」

「ワイバーンって近くにいるものなの？」

「いるわけがないわ。王都の近くにワイバーンがいるなんて聞いたこともないわ」

話を聞いていると、奥からギルドマスターのサーニャさんが出てくる。

それにともないギルドの中はさらに騒がしくなる。

「今から説明するので騒がない」

サーニャさんの言葉でギルドの中は静かになる。

「斥候《せっこう》に出した冒険者の持ち帰った情報によると、ゴブリン、ウルフ、オークを合わせて1万以上。さらにワイバーンも数は不明ながら確認されたわ」

その言葉を聞いて冒険者たちがまたも騒ぎだす。

「今、城にも情報を持っていかせている。王都にいる兵士と一緒に討伐することになる」

その言葉で冒険者たちに安堵《あんど》が広がる。

「でも、なんで今まで気づかなかったんだ」

「街道に出現したオークの報告はあがっていた。ゴブリンやウルフの報告も増えてはいたんだが」

もしかして、グランさんたちを襲ったオークもそうだったのかな？

「冒険者は全員、戦いの準備を。今受けている依頼は全て保留、この討伐を最重要依頼とします」

それって、わたしも参加するってことになるのかな。

流石《さすが》に、参加しないわけにはいかないよね。

「マリナ、その魔物がいる場所ってどこなの？」

「わたしたちが通ってきた途中にあった森よ。たぶん、あのときのオークもそうだったのかもしれない」

やっぱり、その可能性が高いよね。

ノアのほうを見ると、少し青ざめていた。

「ノア大丈夫？」

「お父様が……」

「もしかして、クリフが来るのって」

確か、自分は遅れるからとノアを先に王都に来させていた。タイミング的にこちらに向かっていてもおかしくはない。

「はい。もうすぐのはずです」

「護衛もついているはずだから、群れで襲われない限り大丈夫よ」

「……はい」

でも、ノアの顔色は悪い。

この場所から離れたほうがいい。

「3人とも出るよ」

不安そうにしているノアを連れて、冒険者ギルドの外に出る。

連れてきたのは失敗だった。

まさか、こんなことになっているとは思わなかった。

「ユナさん、お父様は大丈夫でしょうか？」

心配ないと言うのは簡単だ。

でも、クリフが通る道に1万体の魔物がいる可能性がある。護衛がいるからといって、なんら慰《なぐさ》めにはならない。

わたしはノアの不安そうな顔を見て決める。クマさんパペットをノアの頭の上にポンと置く。

「わたしがクリフを迎えにいってくるよ」

「ユナさん？」

「だから、安心して家で待っていて」

「ユナお姉ちゃん」

「フィナもわたしが戻ってくるまでノアの家で待っていて。ミサも2人をお願いね」

「はい」

「ユナお姉ちゃん、死なないよね」

「わたしが死ぬわけないでしょう」

フィナの頭を優しく撫《な》でてあげる。

3人と別れたあと、走って門に向かう。王都の中をクマの着ぐるみが走る。

王都の出入り口である門に到着し、水晶板にギルドカードを当てる。

王都に入る者は多いが、外に出る者はいない。

門兵はわたしの格好《かっこう》を見て、驚くだけで、止めるようなことはしない。

まだ、魔物の群れ発生の伝令は来ていないようだ。
外に出ると、くまゆるを呼びだす。
わたしはクリフを迎えにいくため、クリモニアに向けてくまゆるを走らせる。
流石にクリフを見殺しにするのは気が引ける。
それにノアが悲しむ顔は見たくない。
くまゆるの最高速度で走る。
馬よりも速く走り抜ける。
わたしが強くなるとこの子たちも強くなるのかな。
間違いなく初めて会ったころよりも速くなっている。
くまゆるはわたしの願いを聞いてくれる。
わたしはくまゆるに感謝する。

67 クマさん、無双する

クリモニア方面に走り続けるがクリフを見つけることができない。

探知スキルを使っているから、見逃《みのが》すことはないと思うけど、死んだりしていないよね。

死んでいたら探知スキルで見つけることはできない。

探知スキルを使用しながら走っていると探知スキルの隅に魔物の反応が大量に出た。

数え切れないほどの数。

魔物の反応があるほうを見る。

近くに森が見える。つまり、あの森の中に1万体の魔物がいる。

ここで、行動の選択肢が増えた。

このままクリフを捜すか。それとも魔物を討伐するか。

ウルフ、ゴブリン、オークは過去の戦いから問題はない。

心配なのはわたしの魔力。1万体の魔物を倒すほどの魔力があるかどうか。わたしは自分の魔力の総量がどのくらいあるのかが分からない。

この世界に来て、一度も魔力が切れるほど魔法を使用したことがない。だから、わたしはどれほどの数の魔法をどれほどの威力で放つことができるか分からない。

それにワイバーンの強さが分からない。ゲームでは戦ったことがあるけど、この世界ではない。

魔力の不安にワイバーンの強さ。

クリフと合流したあとの問題もある。そこで1万体の魔物に襲われたら、守りながら戦うのは難しい。

そして、少し考えて決める。

くまゆるを森に向けて走らせ、森の前にやってくる。

「くまゆる、ここまでありがとうね」

この森の奥に魔物1万体がいる。

その魔物1万体を倒せば、全て丸く収まる。

ここまで休みなく走り続けたくまゆるを撫《な》でて労《ねぎら》ってあげる。

くまゆるを送還して、くまきゅうを召喚する。

「くまきゅう、これから魔物の中を走り抜けるからよろしくね」

くまきゅうの首を撫でてあげると「くぅ〜ん」と鳴いて擦《す》り寄ってくる。

わたしはくまきゅうに乗り、森の中に突入する。

森に入るとすぐに数匹のゴブリンが迫ってくる。

風の刃《やいば》を発動させて、ゴブリンの首を切り落とす。

目標に視線を向け魔法を放つ。あとは目標に向かって勝手に魔法が飛んでいく。

わたしは探知スキルを使いながら、ゴブリンの首を刈っていく。

森の中を白いクマが走り抜ける。

そのたびにゴブリンの首が飛んでいく。

右、左、前方、斜め右前、ゴブリンを倒していく。

森の中を白い影と黒い影、風の魔法が走り抜ける。

どれだけのゴブリンを倒したか分からない。

白い影が通った跡《あと》にはゴブリンの死体が残る。

走り続けると、その先にゴブリンの群れを見つけた。木々の間を抜けると、光が差し込んでくる。

そこは開けた場所だった。そこには無数のゴブリンがいた。

わたしはゴブリンの群れの中に向けてくまきゅうを走らせる。

ゲームのイベントで雑魚《ざこ》魔物を無双するものがあったのを思い出す。

時間内に魔物を何体倒すかを競う内容だった。

上位に食い込んだこともある。

わたしは魔法を振るい、広場にいたゴブリンを一掃する。

まだ、魔力はある。

探知スキルで周辺を確認する。残っているゴブリンは僅《わず》かな数のみ。気にするような数ではない。
残りはウルフの群れとオークの群れ。
魔力がどこまで続くか分からない。ウルフよりオークの討伐を先にすることにする。
ウルフなら武器でも倒せる。野球ボールくらいの石でもいい。
とりあえず、魔物がいないところに移動して、休憩することにする。
クマボックスから冷えているオレンの果汁を取り出して飲む。
一休みすると、くまきゅうに、オークの群れがいる方向に向かってもらう。
「くまきゅうごめんね。もう少し頑張ってね」
まだ半分も終わっていない。

数分後、オークの群れに出合う。
ゴブリンよりも、風に込める魔力を増やす。
ゴブリンの首とオークの首では強度が違う。
「2倍ほどの魔力で切り落とせるといいんだけど」
オークに向けて風の刃を飛ばす。
オークの首が刈り落とされる。
魔力はこのぐらいで大丈夫そうだ。
でも、オークはゴブリンよりも段違いに、耐久力、攻撃力が上がる。

だから、全て遠距離攻撃で倒す。

オークは武器を振り回し、巨漢には似合わない速度で駆け寄ってくる。

くまきゅうで走っていると矢が飛んでくる。

オークアーチャー！

ゲームにも登場した弓矢を使うオーク。

飛び道具とは厄介《やっかい》だ。

風魔法でくまきゅうを包み込む。

さらに魔法が飛んでくる。

「オークメイジもいるの？」

弓を持っているオークアーチャー。

杖を持っているオークメイジ。

大きな剣や木の棒などの武器を持っているオーク。

うざすぎる。

数には数を。

土魔法を発動させて、くまゆるとくまきゅうと同じ大きさのクマのゴーレムを10体ほど作りだす。

その瞬間、初めて、魔力が吸い取られる感覚に襲われる。

ちょっと多すぎたかな。それとも、ゴブリンを倒すときに魔力を使いすぎたかかな？

クマのゴーレムをオークに向かって走らせる。その後ろをわたしが乗るくまきゅうが走る。

クマのゴーレムは鋭い爪でオークの首を突き刺していく。

わたしも後方から風魔法を使い、首を切り落としていく。

クマのゴーレムは矢が刺さっても動きを止めない。魔法も受け止める。それでもクマのゴーレムが傷を負えば、わたしが魔力を流して修復する。

ゴーレムがオークの動きを抑え、わたしが魔法で倒す。囲まれても、ゴーレムが防いでくれる。

ったく、なんでこんなにいるのよ。

ゲームならイベントだからのひと言ですむけど、これはおかしいよね。王都の近くでこんなに魔物の群れがいるのはありえないことだと聞いた。しかも、こんな一か所に。

わたしは目の前の最後のオークの首を風魔法で切り落とす。

終わった。

後ろを振り返ると、わたしとクマのゴーレムが通った跡には、オークの死体の道が出来上がっていた。

こんなに戦っているのに、クマの服のおかげか体力的疲労は少ない。

わたしは小さく息を吐《は》き、体内にある魔力の残量を確認する。

「魔力は……まだ、ある……でも、かなり減っている感じがする」

ゲームみたいに数値化されていれば分かるけど、流石《さすが》にそれは無理ってものかな。

残る魔物はウルフとワイバーン。

探知スキルで位置を確認する。

この先にワイバーンの反応がある。オークを倒しているうちに近くまで来てしまったみたいだ。

でも、不思議なことにワイバーンは動いていない。空を見ても飛んでいる様子はない。

昼寝中かな？　まさかね。

でも、動いていないなら、魔力を少しでも回復させるためにゴーレムを消し、白クマの服に着替え直す。

誰もいないよね。

白クマの服に着替えると体が温かくなり魔力が回復してくるのが分かる。

わたしは魔力を回復させている間に、討伐したオークの体をクマボックスにしまっていく。

オークが持っていた剣も弓も杖も戦利品としてもらっておく。

しまわないのは切り落とした頭ぐらいだ。

だって頭だよ。近寄るのも気持ち悪いし、売れる場所もないらしいから、持ち帰る必要もない。

だから、わたしが通る帰り道にはオークの死体ではなく、オークの頭だけが転がることになった。

オークをしまいながら戻ってきたわたしは、白クマのまま短い休憩を取る。

ある程度魔力が回復したのを感じ取ると、黒クマに着替え直す。

誰も見ていないよね。

それじゃ、ワイバーン討伐に行きますか。


くまきゅうに乗り、ワイバーンに向けて走りだす。

いまだにワイバーンは動いていない。

なにか、理由があるのかな？

わたしがワイバーンの群れに近づくと、その理由は判明した。

「寝ている？」

ゆっくりと近づいて確認する。全てのワイバーンは寝ていた。

理由は分からないけど、起きだす前に倒す。

くまきゅうから降りて、寝ているワイバーンにゆっくり近づく。そして、一体ずつ、首を切り落としていく。

拍子抜けするほど簡単に終わってしまった。

隣で首が落とされているのにワイバーンは起きることがなかった。

ワイバーンを倒し終わると、クマボックスに死体をしまっていく。

こんな簡単にワイバーンの素材を手に入れられてよかったのかな。

まあ、今回は頑張った報酬として受け取ることにする。

ワイバーンをクマボックスに入れ終わった瞬間、地面が揺れる。

「なに？」

地面が盛り上がる。

後方にジャンプする。

地面から出てきたのはゲームでも登場した魔物。

ミミズを巨大化させたような生物、ワーム。

口を大きく開き、這《は》いずりながら出てくる。

探知スキルのとき、気づかなかった。

地下深くまで探知スキルが届かないのか、ワイバーンの下にいたために気づかなかったのかもしれない。

ワームの体が地面から出る。ワームがこちらを振り向く。口から涎《よだれ》が大量に流れ落ちる。

ワームはわたしを餌《えさ》と認識したようだ。

「気持ち悪い」

大きな口がわたしに襲いかかってくる。後ろに跳んで躱《かわ》す。

大きいくせに速い。

ゲームでも気持ち悪くて戦わなかった魔物だ。

皮膚《ひふ》を攻撃すると、液体をばら撒《ま》き、悪臭を放つ。そして、すぐに皮膚が再生するという面倒な魔物だった。

でも、今はクマ魔法がある。

わたしが魔法を発動しようとした瞬間、ワームは体をクニャッと曲げると襲いかかってきた。

とっさに後方に躱すが、さらに大きい体が迫ってくる。

冗談でしょう。

体ごと弾かれるが、クマ装備のおかげでダメージはない。

体勢を整えて風魔法を放ったが、ワームの体を切り刻むことはできない。

同様に炎の玉を放つが、全て弾かれる。

う〜ん、これは二番煎じだけど、ブラックバイパーを倒したのと同じ方法で倒すことにする。

わたしはワームから、少し離れた場所の正面に立つ。

ワームは口を開きながら、這いずるように迫ってくる。

わたしは炎のミニクマを10体作り出す。そして、大きく開いているワームの口めがけて飛ばす。

「行け！」

ワームは炎のミニクマを餌と勘違いしたのか、自《みずか》ら食べにいく。

炎のミニクマはワームの体内で動きまくる。それと同時にワームは苦しみだす。巨軀《きょく》が地面を転がりだす。口からは苦しみのため大量の涎が流れ落ちる。ワームは苦しみから逃げるために体内にある異物を吐き出そうとするが、炎のミニクマはワームの体内を動き回る。

これって巨大生物に対して最強の魔法な気がする。

どんな魔物でも生物であるなら体内は柔らかい。

ワームは体を地面に何度も叩《たた》きつけると、次第に動かなくなった。

「えーと、これって売れるの？」

ブラックバイパーのときは、肉も皮もいろいろと売れたけど。

これは食べたくないし、皮はどうなんだろう。

たとえ、食べられたとしてもフィナたちには食べさせたくないんだけど。

とりあえず、ワームの処理はあとで考えることにして、クマボックスにしまっておく。

これで残りはウルフのみ。

ワイバーンとの戦いでは魔力を使わなかったし、ワームとの戦いでも炎のクマ魔法を使ったぐらいだ。

ウルフを討伐する分の魔力は十分に残っている。

それじゃ、さっさとウルフを討伐して帰ることにしよう。

くまきゅうを呼んでウルフの群れに向かう。

結論から言うと、ウルフの討伐は簡単に終わった。

大変だったのは討伐したウルフをクマボックスにしまう作業だ。

放置してもよかったんだけど、食べるものに困っていた孤児院のことを考えると、勿体《もったい》ないから、ちゃんと回収することにする。

クマボックスにさえ入れておけば、腐《くさ》ることはないんだから。

回収する作業はくまゆるとくまきゅうに手伝ってもらう。

全ての魔物を回収すると、くまきゅうに乗って血なまぐさい森から出る。

空気が美味《おい》しい。

空を見ると日は傾《かたむ》き、夕暮れ時になっている。

これは、無理に帰るよりは、一泊したほうがいいかな？

わたしはクマボックスから、旅用のクマハウスを取り出し、ここで一泊することにした。

なんだろう、肉体的疲労は少ないはずなのに凄《すご》く疲れている。

精神的なものかな？

簡単に夕飯をとり、お風呂に入ったあと、眠気に誘われるままにベッドに倒れると、夢の世界に落ちていった。

68　クマさん、交渉をする

朝起きると、日の出から数時間が過ぎていた。

少し寝坊したけど、急ぐ帰り道じゃない。

のんびりと朝食を食べてから外に出ると、見知った顔があった。

「クリフ？」

「やっぱり、このクマの家はユナか」

「どうして、ここに？」

「それは俺の台詞《せりふ》だ。俺は王都に向かっているに決まっているだろう」

周りを見るとクリフの護衛が5人いる。

クリフの館で見かけた記憶がある。

馬車などは使わず全員馬に乗っている。

このような強行軍はノアにはつらい。だからわたしに護衛を任せて、先に王都に行かせたのかな。

「わたしはクリフを迎えにきたんだけど。それも不要になったから王都に帰るところ」

「この辺りに魔物の群れが出た情報があったんだよ。それで、ノアがクリフのことを心配してたから、わたしが迎えにきたんだよ」

「俺を迎えに？」

「でも、それが不要になったってことは……どういうことだ？」

「………」

その質問に答えると面倒なことになると思う。だから、黙秘を選択する。

「ユナ、質問に答えろ」

クリフはわたしに答えを求める。

わたしが1万体の魔物を倒したことが広まれば、間違いなく大事《おおごと》になる。そうなればわたしの平穏で静かな暮らしが崩《くず》れ去る可能性がある。

う～ん、どうしたらいいかな。

「まあ、ブラックバイパーを倒すおまえさんなら、魔物の群れも倒せるだろうな」

クリフの頭の中ではすでに魔物の群れの討伐者はわたしになっているみたいだ。

その魔物の数を知ったらどんな顔をするのかな。

でも、ここで否定しないと王都に着いたときに困ることになる。王都に帰れば魔物の数を知ることになる。

一泊なんてしないで、帰ればよかった。

昨日のわたしに言ってやりたい。

そんな、過去に戻れるわけもないから、どうにかしないといけない。

「クリフって、貴族で偉いんだよね。悪いことをしても、1つや2つ揉《も》み消《け》すことぐらいできるよね」

「おまえな、俺をなんだと思っているんだ。そんなことできるわけがないだろう」

「できないの!? だってクリフは貴族でしょう」

「おまえの頭の中の貴族がどうなっているかは知らんが、俺はそんなことはしない」

「………」

使えないよ。貴族なら、悪さの1つや2つぐらい揉み消すことができると思ったのに。

「つまり、おまえさんは、俺に揉み消してほしいことがあるのか?」

聞きたくなさそうに尋ねてくる。

わたしはその質問に小さく頷《うなず》く。

クリフは小さくため息を吐《つ》く。

「言ってみろ」

わたしはチラッとクリフの護衛を見る。クリフはわたしの視線に気づいたのか、再度ため息を吐き、護衛のほうを見る。

「おまえたちはここで休憩だ。ユナ、このクマの家の中に入ってもいいか」

どうやら、クマハウスの中で話を聞いてくれるらしい。

わたしは了承して、クリフを連れてクマハウスの中に入る。

「外観も驚くが、中もとんでもないな」

クマハウスの中を見ながら、そんな感想をもらす。

「この家についても聞きたいが、今はおまえさんの話を聞くとしよう」

わたしはクリフに冷えた果汁を出して、魔物の話を始める。

1万体の魔物が現れたこと。その魔物を倒すために、冒険者や王都の騎士や兵士が動こうとしていること。

王都に向かっているクリフが心配でノアが泣きそうになっていたこと。それで、わたしがクリフを迎えにきたこと。でも、その途中で魔物1万体を発見したこと。そして、その魔物を一人で倒してしまったこと。

魔物が1万体、ワイバーン、ワームまでいたこと。

それをなかったことにしたいと話した。

クリフはわたしの話を聞くたびに、頭を抱えたり、テーブルをトントンと指で叩《たた》く。

「今、話を聞いたことを物凄《ものすご》く後悔している。だが、同時に感謝もしている。礼を言う」

クリフは軽く頭を下げる。

小説や漫画の話では、貴族が平民に頭を下げるのは珍しいはず。

「ノアのためだから気にしないでいいよ」

「そうか、ならノアに感謝しないといけないな。それで、おまえさんは魔物を倒したことを黙っていてほしいんだな」

「目立ちたくないからね」

「なぜだ、英雄になれるぞ。金も名誉も手に入るぞ」

「興味はないよ。わたしは平穏に楽しく暮らしたいだけ。だから、今回のことはなにもなかったことにしたい」

「だが、1万体の魔物にワイバーンに巨大なワームか、信じられないな」

「なら見る？」

見せたほうが真実味が増すし、信じてもらえるだろう。

「そうだな。とりあえず、部下に森を調べさせてからだな。現状だと、おまえさんの言葉だけになるからな」

わたしの言葉が正しければ、森にはゴブリンの死体が転がっている。

クリフは外に出ると護衛に森の探索を命じる。

「ゴブリンの死体の確認がとれたら戻ってきてくれ」

わたしはある程度の方向を教えておく。護衛たちは森に向かう。

「それじゃ、その討伐した魔物を見せてくれ」

わたしはクリフの部下が見えなくなったところで、ワイバーンを全て出す。

クリフの顔が驚きに変わる。

さらにワームの死体を出す。

クリフの顔が驚愕《きょうがく》の表情になる。

さらに数の多いオークを出していく。

「もう、出さないでいい」

「あとウルフもあるんだけど」

「いや、もう十分だ。しまってくれ」

クリフがそう言うので、出した魔物をしまっていく。

改めてワームを見るとグロイな。わたしは虫系は好きじゃない。引きこもりのわたしが虫に触れたのは幼稚園が最後だ。そんなわたしが虫を好きになることはない。

魔物を全てクマボックスにしまい終わり、クリフのほうを見ると、額を押さえていた。

「冗談だと思いたいな」

「いっそのこと黙っているってことは」

「おまえさんの話を聞くと、冒険者や、王都の兵士も向かっているんだろう。絶対に誰が倒したか騒ぎになるぞ」

「ほら、そこは誰も見ていないから、黙っていればわたしってバレないし」

「おまえな……」

クリフは呆《あき》れ顔になる。そんな変なことを言ったかな？

黙っていても誰も困ることはない。魔物はいないし、脅威も去った。なにも問題はないと思うんだけど。

「最低でも、ギルドマスターには報告しないと収拾がつかないぞ」

行ったら魔物はいませんでした作戦はダメらしい。いいアイディアだと思ったんだけどな。

クリフは一人でいろいろと考えてくれている。

「とりあえずは森に調べに行かせた者たちの報告を聞いてからだな」

しばらくすると、護衛の人たちが森から戻ってくる。報告を聞いたクリフは、本日何度目かの額を押さえる仕草をする。わたしのせいじゃないよね。

考えた結果、こちらに向かっていると思われるギルドマスターと話し合うことにしたらしい。

サーニャさんは黙っていてくれるかな？

あとはなるようにしかならない。

わたしは、クリフと一緒に王都に行くことになった。

馬の速度に合わせるので、行きと違って速度は落ちる。

馬を走らせること半日、ギルドマスターご一行を見つけることができた。

しかもタイミングよく休憩をとっているところだった。

わたしは冒険者を驚かせないためにくまゆるを戻し、クリフの馬に乗せてもらいギルドマスターご一行に合流する。

わたしのことを知っている冒険者も知らない冒険者もいて、こちらに視線を向ける。

「ユナちゃん。それから……」

「久しぶりだなサーニャ。1年ぶりになるか」

「……クリフ、久しぶりね。奥方様にはお世話になっているわよ」

「そうか、あいつも元気にしているか」

「それで、どうしてあなたがユナちゃんと一緒にいるの？」

「ああ、ユナは娘の依頼でな。俺の護衛を頼まれたんだよ」

ということになっている。そのほうが話を進めやすいらしい。

「依頼って、もしかして魔物が発生した件で？」

「ああそうだ」

「知っているなら話が早いわ。悪いけど、ユナちゃんを借りるわよ。タイガーウルフ、ブラックバイパーを倒せるほどの冒険者を、このまま王都に帰らせるわけにはいかないの」

「そのことなんだが、少しいいか」

クリフが言いにくそうにする。

そんなに言いたくなかったら、『行ったら、魔物がいなかった』作戦にすればいいのに。

「なに？」

クリフはサーニャさんを連れて移動し、周辺に人がいないことを確認する。

「その件なんだが、困ったことが起きた。それでギルドマスターのおまえさんに力を貸してほしい」

「なに？」

真剣な目で言うクリフに、サーニャさんも真剣に聞く。

「ワイバーンを含む、魔物1万体はユナが一人で倒した」

「…………えっ？」

クリフの言葉にサーニャさんの目が点になる。

「あと、巨大なワームもいたらしい」

「…………巨大なワーム？」

信じられないというように聞き返してくる。

「証拠なら、こいつが持っているし、俺も確認をした。ここで出すと大騒ぎになるから、控えさせてほしい」

「なんで？　出せばいいでしょう」

「ユナが倒したことは黙っててほしい。こんな格好をしているくせに、本人は平穏に暮らしたいと言っている」

「えーと、冗談？」

「なにに対してだ？　魔物を倒したことか。それとも、こんな格好をして平穏ってところか」

「両方よ」

なんか、2人ともわたしが黙って聞いていると思って言いたい放題だ。

「それで、相談に来た」

「……ユナちゃん、詳しく説明して」

サーニャさんは真剣な目でわたしのほうを見る。

わたしは森の中のことを説明した。

「つまり、森の中には大量のゴブリンの死体とオークの頭が転がっていると」

「数は分からないけど、ゴブリンの死体とオークの頭はいらないから放置のままだけど」

「ゴブリンの死体は俺の部下に確認させたから、間違いはない」

サーニャさんはさっきのクリフ同様に頭を抱える。

「喜んでいいのか、困ったらいいのか。悩むわね」

「喜んでいいだろう」

「ユナちゃん、本当にいいの？　英雄として、名声、栄誉、お金、全て手に入るのよ」

「いらないよ」

それと引き換えに自由がなくなるならいらない。

「冒険者なら欲しがるものなんだけどね」

サーニャさんはため息を吐く。

「分かったわ。いい方向に考えましょう。誰も死なずに魔物を討伐できた。問題なのは誰が討伐したかね」

「どうするんだ」

「Aランク冒険者が来て、倒したことにするわ。そして、ゴブリン以外の素材は全て持ち去ったことにする」

「そのAランク冒険者は誰にするんだ」

「誰でもいいわよ。謎《なぞ》のAランクにしておけば」

「ワームはどうする」

「それこそ黙っていればいいわよ」

話は纏《まと》まる。

サーニャさんは冒険者を全員集め、説明を始める。

「全員聞いて。魔物1万体とワイバーンは、Aランク冒険者によって討伐されたことが報告されたわ」

「Aランク冒険者だと?」

「そんな冒険者いたのか?」

「ギルマス、そのAランク冒険者は誰なんだ?」

「それは極秘よ。多くのAランク冒険者が自由人ってことは知っているでしょう」

その言葉に全員が納得している。

Aランク冒険者ってそうなの?

「報告によれば、残っているのはゴブリンの魔石つきの死体と、オークの体の一部。なので、王都に帰還する者とゴブリンとオークの後処理の部隊に分けるわ」

「本当にいないのか？」

「いない。そんな嘘《うそ》をついてどうするの。報酬はゴブリンの魔石。ただし、解体が終わったらゴブリンやオークの処理をすること。帰還する者には報酬は出ない。自由に決めて」

サーニャさんの説明によって、高ランク冒険者のほとんどは帰ることになった。

下位の冒険者はゴブリンの魔石を求めて向かうようだ。

サーニャさんは王都に知らせるため、現場を確認したら、すぐに戻るらしい。

そのため、自分の代わりのゴブリン解体のまとめ役をギルド職員に指示している。

どうやら無事に、討伐したのは謎のAランク冒険者となったようだ。

「クリフ、ありがとうね」

無事にわたしがしたことは隠せたので、クリフにお礼を言う。

「気にするな。礼は俺がすることだ」

「それじゃ、わたしは先に帰るね」

「一緒に行かないのか」

「先に帰って、ノアを安心させるよ」

「そうだな。頼む」

クリフは王都に帰る冒険者に任せて、わたしはくまゆるとくまきゅうに乗って一足先に王都に帰る。

69　クマさん、知らないうちに事件は起きていた

とある魔法使いがいた。

10年前、魔法使いは王都を追放された。

ただ、犯罪者を生贄《いけにえ》にして魔法を使っただけなのに、片腕を切り落とされて王都を追放された。

魔法使いは復讐を誓った。

俺がなにをしたというのだ。

あの国王は許せない。

ただの死に方ではすませない。

あいつが守っている国を壊してやる。

破壊してやる。

国民を殺してやる。

絶望を与えてやる。

生きたまま自分の国が滅びる姿を見せてやる。

そう誓って10年が過ぎた。
ゴブリン、ウルフ、オークを集めた。その数1万。
ワイバーンを10体。そして、巨大なワームを使役《しえき》することができた。
ついに復讐のときが来た。
男は歓喜した。
やっとここまで来たのだ。
男の体はやつれ、顔には生気がなくなっている。
ただ、その復讐心をもって国王に絶望を見せるためだけに生きてきた。
魔物を操る魔法は男の生命力を奪うものだった。
だが、復讐さえできれば自分の命さえ捧げるつもりだった。
まずは国王の絶望する顔を見てみたい。
男は王都に向かう。
城の中に侵入する。
男は過去にここで働いていたため、抜け道の1つや2つは知っていた。
気づかれないように国王のいる執務室に入る。
「貴様は誰だ」
「お忘れですか。10年前に追放されたグルザムですよ」
「……グルザム」

国王は痩《や》せ細った男が誰か分からなかった。

10年前とはあまりにも変わっていたのと、この男が城の中にいること自体がありえなかったためだ。

「なんで貴様がここにいる」

「もちろん、あなたに会うためですよ。ああ、人は呼ばないでください。話をしに来ただけですから」

「話だと？」

「今、この近くで魔物の群れが発見されて大変なんですよね」

「なんで、それを貴様が知っている」

「それはもちろん、わたしがあなたに復讐するために集めたからですよ」

「復讐だと」

「はい、復讐、恨《うら》み、憎しみ、憎悪、なんでもかまいません。わたしはあなたが苦しむ顔が見たいだけです」

「なら、十分に見ただろう」

国王は魔物の数に多少であるが苦しんでいた。

大なり小なり被害が出るのは間違いなかったから。

「いえ、まだです。あなたの国がワイバーンによって破壊され、オークによって国民が殺される姿、ゴブリン、ウルフの魔物が国の中を跋扈《ばっこ》して子供たちを殺す様子に絶望に打ちひしがれるあなたの姿を見たい」

グルザムは口にしただけで嬉しそうにする。

「わたしを殺そうとしても無駄ですよ。脱出手段をなにも用意せずに来たわけがないでしょう」

「貴様……」

国王は手にかけた剣を止める。

「わたしが魔法を発動すれば、魔物はこの王都に向かってきます。数日でこの王都を魔物が襲うでしょう。それにわたしが死んでも魔法は発動します。あなたはどっちにしろ黙って見ているしかない」

「この国には冒険者も兵士も騎士もいる。そんなに簡単に王都を落とせると思うな」

「もちろん落とせるとは思っていませんよ。少しでもいいんですよ。ワイバーンで門を破壊し、そこから魔物が進入するだけでかまいません。それだけで、どれぐらいの国民が死にますかね」

グルザムは笑みを浮かべる。

「冒険者はすでに魔物討伐に出発した。兵も準備させている。冒険者や兵は犠牲になるかもしれないが、国民は守ってみせる」

「冒険者に魔物は倒せませんよ」

「なんだと」

「巨大なワームを用意してあります。冒険者は美味《おい》しい餌《えさ》となるでしょう。そして、さらなる餌を求めて王都に来ます」

「貴様！」

「ワームを倒せなければ、ゴブリン、ウルフを倒すこともできない。この国は破壊される。あなたの苦しむ顔が見られるわけです」

「ふざけるな！」

「ふざけてません。わたしの命をかけて作り出した魔法……ゴフォ」

グルザムは口から血を吐《は》きだす。

「この魔物を操る魔法はね。少しばかり融通《ゆうずう》が利かないのですよ。強制的にわたしの魔力、生命力を奪っていきます。最後まであなたの苦しむ姿を見ることができないのは残念ですけど、途中まで楽しむことにします」

グルザムは魔法を発動させる。

魔力が全て奪い去られていく。

グルザムの僅《わず》かに残っている生命力も奪い去っていく。

「グルザム！」

「これでワームも目覚め、ワイバーンや魔物たちが王都に向かってくるでしょう。わたしはあなたの苦しむ顔を、王都が破壊される様子を、どこかで見物させてもらいます」

グルザムは苦しみながら笑顔で姿を消してしまった。

「グルザム！」

その叫びはグルザムには届かなかった。

「どうしたのですか国王様!?」

国王の叫びに近衛兵《このえへい》が駆けつける。

「すぐにザングを呼べ」

「はい！」

近衛兵は敬礼をして駆けだす。

まもなく髭《ひげ》を生《は》やした年配の男性が執務室に入ってくる。

この国の宰相ザングである。

「国王、お呼びですか」

「すぐに、騎士、兵士、魔法使いを集めて、魔物討伐に向かわせろ」

「今、エレローラが準備をしています」

「魔物の中にワームがいることを伝え、それの対策をしろと伝えろ」

「ワームですか」

「そうだ。このままでは王都にいる冒険者の多くが無駄死にするぞ」

「国王様、その情報はどこで」

「今は時間がない。あとで説明をしてやる。だから、急げ」

「はい」

ザングは急いで部屋から出ていく。

「間に合ってくれ」

そう思うが、ワームを倒すのにどれだけの被害が出るか分からない。

グルザムは誕生祭のとき、人が集まるときを狙《ねら》っていたと考えられる。

倒せなければ被害はとんでもない数に。実力のある騎士や魔法使いを早く送り込まないと大変なことになる。

王都から、まず冒険者が出発して、翌日には騎士、魔法使い、兵士が出発する。

グルザムが現れた数日後に、とんでもない報告が届いた。

Aランクの冒険者が魔物を全て討伐したと。

国王は言葉を失った。

その報告は冒険者ギルドのギルドマスターからの手紙だった。

信頼が置けるものだった。

安堵《あんど》するが、Aランク冒険者って誰だ。

たまたま、居合わせたのか。

疑問はいろいろ残るが、危険が去ったことは分かった。

あとは王都のどこかにいるグルザムを見つけだすことだった。

だが、国王が執務室に一人でいるとどこからともなくグルザムが現れた。

「どういうことですか。兵士、冒険者が戻ってきているのですが」

グルザムは冷たく低い声で国王に尋ねる。

「貴様が用意した魔物は全て、Aランク冒険者が倒したそうだ」

「Aランク冒険者？　そんなわけがない。高ランクの冒険者は遠くにいるはず。わたしがそう仕向けたのだから」

「俺にも分からん。ギルドマスターの報告の手紙に書いてあるだけだ」

「嘘《うそ》だ。ゲフッ」

グルザムは吐血《とけつ》する。

「わたしの復讐はなにもできずに終わるのですか。その誰とも分からない冒険者のせいで。わたしの計画は完璧《かんぺき》だったはず……」

グルザムは絶望に満ちた顔で国王を睨《にら》みつける。

「なんでだ。なんで、貴様は笑っている」

「これで終わりだ」

国王は剣を抜き、グルザムを斬り捨てる。

今のグルザムには避《よ》ける力も、避ける考えもなかった。

ただ、復讐ができなかった。その思いだけが心を埋め尽くしていた。

国王は近衛兵を呼び、グルザムの死体を処理させる。

「その冒険者には礼を尽くさないといけないな」

王都を、国民を、冒険者を、兵士の命を、守ってくれたのだから。

70　クマさん、国王に会う

一人先に戻ってきたわたしは、フィナを迎えにノアの屋敷に向かう。

王都の中はいまだ騒がしい。

でも、しばらくすれば早馬が来るはずだからじきに収まるだろう。

わたしがノアの屋敷に着くと、花壇を一緒に作ったスリリナさんに居間に案内される。

しばらく待っていると、走ってくる足音が聞こえ、ドアが勢いよく開かれる。

「ユナお姉ちゃん！」

「ユナさん！」

フィナとノアの2人が部屋に入ってくる。

「2人とも大丈夫？」

「ユナお姉ちゃんこそ大丈夫ですか！」

「大丈夫だよ。魔物は全て討伐されたよ」

わたしにとは言わないでおく。

「ユナさん、それでお父様は？」

「クリフは冒険者たちと一緒に来るから大丈夫だよ」

「本当ですか？」

ノアに笑顔が戻る。

よかった。子供は笑顔が一番だね。

「ノアもフィナを預かってくれてありがとうね」

「いえ、友達ですから、当たり前です」

「ノア様……」

フィナが嬉しそうにする。


わたしが魔物を討伐してから数日が過ぎ、すでに冒険者も兵士たちも戻ってきていた。

一緒にいたクリフも無事に到着して、ノアたち家族と再会した。

わたしのもとへギルド職員と名乗る者が現れ、冒険者ギルドへ出頭するよう命じられた。

「いらっしゃい、ユナちゃん」

サーニャさんのいる部屋で二人っきりになる。

「それで、なにか用？」

「うん、少し困ったことが起きてね」

視線を逸《そ》らしながら言葉を続ける。

「国王陛下がね。ユナちゃんっていうか、架空のAランクの冒険者に会いたがってね」

「それが、どうしてもって言ってね。名前を教えろとまで言ってくるのよ。ああ、もちろんユナちゃんのことは話していないわよ」

「国王が……。断ることは」

〝国王＝面倒ごと〟の公式が頭の中で完成する。

「サーニャさん、お世話になりました。わたしは旅に出ますから探さないでください」

よくあるテンプレの文章を読み上げてみる。

「ちょっと待って。逃げたら指名手配になるわよ。逃げたら、わたしユナちゃんの名前言うわよ」

「脅迫するんですか？」

「お互いに妥協点を探そうって話よ。ユナちゃんは討伐のことを知られたくないってことよね」

「そうだけど」

「なら、国王陛下だけに話すのはどうかしら？　国王陛下には、誰にも話さないようにお願いするから」

「そんなことできるの？」

一国の王だ。

そんなこと了承するのだろうか。

まして、誰とも分からない冒険者に護衛もつけずに会うなんてするかな。

「国王陛下は約束は守る人だから、約束ができれば可能ね」

「約束ができなかったら」

「大々的に英雄に祭り上げられるか、勲章授与とか。誕生祭のときに国王陛下の隣に立って握手とか」

「えーと、どのくらい移動すれば、他の国に行ける？　できればこの国の力が及ばないぐらい遠いといいんだけど」

転移門があれば、フィナたちには会えるから問題はない。住む場所が変わるだけだ。

「だからユナちゃん、1日もらえない？　もし国王陛下が約束をしてくれたら、国王陛下に会ってちょうだい？　王都から逃げだすならそれからでも遅くないでしょう」

確かに、英雄に祭り上げられそうになったら逃げればいいことだ。

わたしは渋々サーニャさんの提案に了承してギルドから出る。


冒険者ギルドから帰ってきたわたしがフィナとのんびりしていると、夕方頃にサーニャさんがクマハウスにやってきた。

「こんな時間にごめんなさいね」

「いいけど。国王様との話はついたの？」

「ええ、国王陛下が一人で会ってくれるそうよ」

「本当に国王様一人なの。国王様だよ。国で一番偉い人だよ。わたしが暗殺者だったら、どうするの」

「一応、わたしも同席はするわ。それに、国王陛下はどうしても魔物を倒した人物に会って礼が言いたいそうなのよ。だから、わたしのお願いは全て受け入れられたわ」

そこまでしてくれたなら断ることはできない。

「それでいつ会いに行けばいいの？」

「明日の朝、迎えに来るわ」

それからわたしは大事な質問をすることにする。

「この格好《かっこう》で行っていいの？　ダメなら今日の夜のうちに王都を出るけど」

このクマさんの格好でないとなにかあった場合、逃げだすこともできない。

「大丈夫よ。国王陛下には変な格好をしているけど、それでも会いたいかと聞いておいたから。そしたら、かまわないって返答だったから」

サーニャさんにそこまでされたら、わたしは頷《うなず》くしかなかった。

気が重いまま翌日が訪れる。

サーニャさんが来ないことを祈っていたが、祈りは天には届かず、お迎えが来た。

フィナには留守番を頼み、サーニャさんと一緒にお城に向かう。

お城に入ると、そこには今は会いたくない人がいた。

「あら、ユナちゃん。それにサーニャじゃない。2人でこんなところでどうしたの？」

お城の中でエレローラさんに会ってしまった。

お城が仕事場であるエレローラさんに会う可能性は十分にあった。

でも、広い城の中で会うなんてタイミングが悪すぎる。

「わたしとユナちゃんは、少しお城に用があって」

クリフともそうだったけど、サーニャさんはエレローラさんとも気安そうに話している。

「あら、そうなの。どこに行くの？　わたしも一緒についていくわ」

「それは……」

「あら、遠慮しないでいいのよ。わたし暇だから」

「仕事はいいんですか？」

「部下が優秀だから大丈夫よ」

その言葉にサーニャさんは困っている。

もちろん、わたしも困っている。

そんなわたしたち2人の顔を見て、エレローラさんが笑いだす。

「ふふ、ごめんなさい。2人ともそんな困った顔しないで。クリフから魔物のことは聞いているわ。もちろん、誰にも話していないから大丈夫よ。これから国王陛下のところに行くのでしょう」

口止めしたのにクリフが洩《も》らしたらしい。口が軽い。

「クリフから聞いたんだ」

「口を割らせるの大変だったのよ。なかなか口を割らないんだから」

クリフ、頑張ったんだ。

それじゃ怒るに怒れない。

でも、どうやって口を割らせたのだろう。

「話を聞いているなら、エレローラ様も一緒に来ますか？」

サーニャさんがエレローラさんに尋ねる。

「ええ、行くわ。クリフから聞いた話もあるから、助けにはなるはずよ」

3人となったわたしたちは、国王がいる執務室に向かう。

入り口には近衛兵《このえへい》が立っている。

近衛兵に話は通っているみたいで、サーニャさんを見ると部屋の中に通してくれる。

わたしの姿を見たときはなにかを言いたそうにしていたが、なにも言わずに部屋の中に通してくれた。

「よく来たな……」

部屋の中に入ると40歳くらいのハンサムなおじさんがいた。

この人が国王かな。でも、漫画みたいに王冠は被《かぶ》っていないね。

その国王がわたしを見て、言葉を飲み込んだ。

「エレローラもいるのか」

「魔物を倒した冒険者がわたしの知り合いだったからね」

エレローラさんはわたしのほうを見る。

それに合わせるように国王の目も再度、わたしに向く。

「それで、Aランク冒険者を連れてくると聞いたはずだが、その変な格好をした女の子はなんだ」

「国王陛下、申し訳ありません。Aランク冒険者はいません。魔物の群れを倒したのはこの彼女が一人でしたことです。この女の子が倒したと言っても信じてもらえないと思い、Aランク冒険者と偽りました」

サーニャさんが謝罪を交ぜながら、今回の件を報告する。

「冗談を聞いている暇はない。冒険者はいつ来るんだ」

国王が怒っている。

もっともなことだ。

いきなり、魔物を倒したのがAランク冒険者ではなく、クマの格好をした女の子とか言われたら怒るだろう。

「だから、会わせたくなかったんです。国王陛下、これは事実であり、信じてもらうしかありません。このことはギルドマスターであるわたしが保証します」

「わたしも保証するわ」

サーニャさんの言葉にエレローラさんも同意する。

「おまえもか」

国王がエレローラさんのほうを見てから、わたしに視線を移す。

「本当におまえが倒したのか。その変なフードを取って話してみろ」

あまりの緊張に国王の前なのにクマのフードも取らずにいた。

わたしはクマのフードを取り挨拶《あいさつ》をする。

「冒険者のユナです」

「まだ、子供じゃないか。本当におまえさんが1万を超《こ》す魔物を一人で倒したのか」

小さいけど15歳です。

「サーニャ、倒した魔物の確認はどうした。確認はしたのだろう？」

「ゴブリンとオークは確認しました」

「他のウルフ、ワイバーン、それにワームはどうした」

ワームという言葉にサーニャさんが驚いている。ワームがいたことはわたしとクリフ、サーニャさんしか知らないはずだ。

「国王陛下、ワームの件はどちらで」

「今回の魔物騒ぎを起こした本人から聞いた」

「それは」

「今はそれはいい。どうなんだ」

「それらの討伐した魔物は彼女のアイテム袋に入っています」

「アイテム袋だと」

「彼女のアイテム袋は最上級のアイテム袋です」

「そんなものをこの娘が」

「本当よ。ワームとワイバーンは夫のクリフが確認しているわ」

「俄《にわ》かには信じられないな。でも、魔物の脅威がなくなったのは事実だ。おまえたちがこんな嘘《うそ》を俺につくメリットはない」

国王は少し考え、ゆっくりとわたしに近づいて、わたしの前に立つ。

近いよ。流石《さすが》に下がるわけにはいかないよね。

わたしがジッと立っていると、国王の目がまっすぐわたしを見る。

「感謝する。王都に住む国民、冒険者、兵士の命を救ってくれたことに礼を言う」

頭は下げなかったけど、国王から感謝の言葉をいただいた。

「……いえ、別に魔物を倒したのはついでですから」

「……ついで？」

まずい、返答に困って、本音が洩れてしまった。

「ふふふ、そうなのよ。ユナちゃんはね。わたしの娘のために魔物を倒してくれたのよ」

エレローラさんは笑みを浮かべながらわたしを抱きしめる。そして、魔物を倒した理由を面白おかしく話し始めた。

「女の子が泣きそうになっている。そんな理由で魔物1万と戦ったのか」

国王が呆《あき》れた顔になっている。

「あら、十分な理由でしょう。守りたいもののために戦うというのは」

「分かっている。ただ、これを企《たくら》んだ奴が聞いたら、死んでも死にきれないと思ってな」

「「企んだ？」」

サーニャさんとわたしの声がハモる。

「そうだな、当事者のおまえたちには話してもいいだろう」

国王は、この魔物襲撃未遂事件は一人の男が復讐《ふくしゅう》のために起こしたことだと説明してくれた。

魔物を操る魔法、そんなのがあるんだ。

ゲームでも魔物をテイムすることによって仲間にすることはできたけど。

話を聞く限り、違うっぽい。

命を消耗するなんてそんな魔法は知らない。まあ、ゲームじゃ、そこまでの設定はなかった。

この世界にある禁呪的《きんじゅてき》な魔法なのかな。

そんなことを考えているとドアの外が騒がしくなる。

「ダメです、フローラ様。中にはお客様がいらっしゃいますから」

ドアが少し開き、声が聞こえてくる。

「やだ。くまさんにあうの」

「お願いしますから」

「やー」

「どうした」

「それがフローラ様がくまさんに会いたいと」

近衛兵がドアを開けて説明した瞬間、その小さな体を利用して、部屋の中にスルリと入ってくる。

「くまさん！」

フローラ様がわたしに抱きついてくる。

「あえたの」

嬉しそうに頭をわたしのお腹《なか》に擦《こす》りつける。

「なんだ。おまえ、フローラと知り合いなのか？」

「前にわたしとお城に来たときにフローラ様に会ったのよ」

わたしの代わりにエレローラさんが説明してくれる。

「もしかして、あのクマの絵本って」

「見たの？　あれ、ユナちゃんが描いたものよ。上手だったでしょう」

「なんていうか、可愛《かわい》らしい絵だった。誰が描いたんだとフローラに聞いてもくまさんとしか答えてくれなくてな。でも、納得だな」

改めて、国王はわたしを見る。

クマですがなんですか。

「くまさん、あそんで」

「うーん、どうかな」

わたしはみんなのほうを見る。

「話は終わったから、かまわないぞ。後日、連絡をするかもしれないから、連絡先だけは伝えておけ」

「それなら、わたしが連絡係をするわ」

エレローラさんが引き受けてくれる。

「それから、クリフからも話を聞く。後日、呼ぶと伝えておけ」

どうやら、クリフは国王から呼び出しを食らうみたいだ。

クリフには心の中で謝っておく。

でも、今回の件は無事に終わりそうだ。

わたしは抱きついているフローラ様のほうを見る。

すると、「ク～」と可愛らしい、小さなお腹の鳴る音が聞こえた。

「フローラ様、お腹が空いているのですか？」

「うん」

まだ、お昼まで時間はある。

クマボックスにはプリンが入っている。

このぐらいならいいかな。

でも、食べ物をお姫様にあげていいものなのかな？

「えーと、フローラ様に食べ物を差しあげてもいいですか？」

まあ、駄目だと思うけど、一応確認をする。

「かまわんぞ」

でも、予想外の言葉が返ってきた。食べ物だよ。危ないものかもしれないよ。

なのにそんなに簡単に許可を出していいの？

わたしが毒物をあげたらどうするつもりなんだろう。

「聞いておいてなんですが、本当にいいのですか？　毒が入っているとか」

「なんだ、毒物を食べさせるのか」

「しませんけど。王族なら、もう少し気をつけるんじゃないかと思いまして」

「エレローラとサーニャが信頼する人間だ。もし、毒を盛られたら、2人に責任を取ってもらうだけだ」

「ユナちゃんがそんなことをしない女の子ってことは知っているからいいわよ」

「わたしは知り合ったばかりだけど、小さい女の子のために魔物を倒すような子が、そんなことをするとは思わないので」

2人とも、わたしのことを信用してくれる。

もっとも、毒が入った食べ物を食べさせるつもりはないので、フローラ様に食べてもらうことにする。

「それじゃ、フローラ様。お部屋に行きましょうか」

「うん」

フローラ様の小さな手がわたしのクマさんパペットを握る。

「ここで食べていけばいいだろう。それなら、変な疑いもなくなるだろう」

部屋を出ていこうとしたら、国王に止められた。

確かにそうだけど、国王の前でプリンを出すとかしたくないな。

でも、今更《いまさら》出さないわけにはいかないし、変な疑いを持たれても面倒だ。

部屋にあるソファーにフローラ様を座らせると、クマボックスからプリンとスプーンを取り出す。

「フローラ様、これをどうぞ」

「なにこれ？」

「冷たくて甘くて美味《おい》しいお菓子ですよ」

フローラ様は小さな手でスプーンを持ち、プリンを口に運ぶ。

その瞬間、フローラ様の顔が花が咲いたような笑顔になる。

フローラ様は次々とプリンを口に運ぶ。

喜んでもらえたようだ。

「美味しい？」

「うん」

小さく頷《うなず》く。

笑顔が可愛い。

わたしは頭を撫《な》でたくなり、王族の姫様の頭を撫でてしまう。

でも、誰も咎《とが》める者はいない。

「なんだ、そんなにうまいのか？」

娘が美味しそうに食べているプリンが気になったようだ。

「ユナちゃん。わたしも、もう一度食べたいな」

エレローラさんが物欲しそうに見てくる。

「エレローラは食べたことがあるの？」

サーニャさんが聞いてくるが、目線はプリンに向いている。

もしかしてあなたもですか。

「ええ、前に食べさせてもらったわ。甘くて冷たくて美味しいのよ」

全員の目がプリンとわたしを交互に見ている。

「えーと食べます？」

「ああ、もらおう」

「ありがとう、ユナちゃん」

「わたしもいいの？」

とりあえず、プリンを3つ出す。

プリンが残り、5個になった。

これは、プリンを作るために、一度クリモニアに卵を取りに戻らないといけないかな？

「なんだ、これは」

「う～ん、美味しい」

「あら、本当に美味しいわ」

3人はフローラ様と同様に美味しそうに食べてくれる。3人にも喜んでもらえてなによりだ。

そのとき、ひとつの視線を感じる。ジーと見ているフローラ様がいた。

空になったカップとわたしを見ている。

「最後の一つですよ。食べ過ぎるとお昼が食べられなくなりますから」

「うん！」

注意してプリンを一つ出してあげる。

「それにしても、城下にはこんな美味しいものが売られているのか？」

「わたしも知りませんでした」

「そりゃ、そうよ。これはユナちゃんが考えたお菓子だもん」

エレローラさんがわたしの代わりに説明してくれるが、別にわたしが考えたわけじゃない。

でも、地球の知識で作ったお菓子とは言えない。

「そうなのか。だがうまいな」

「ほんとうね」

「レシピが分かれば、うちの料理人でも作れるのか？」

「作れるけど」

教えたくはない。

「ダメよ。この食べ物でユナちゃんは孤児院の子供たちにお店を持たせてあげようとしているんだから」

「どういうことだ？」

エレローラさんはクリフから聞いたのか、わたしが街でやっていることを話し始めた。

街で孤児院の面倒を見ていること、プリンの材料である卵を産むコケッコウを育てていること。

孤児院の子供たちに料理をしたい子がいたら、店を持たせようと考えていること。

「どうして、そんなに詳しいの？」

「クリフから聞いたからよ。クリフがこっちに来てすぐにね。ユナちゃんの話で盛り上がってね、いろんな話を聞いたのよ」

これは一度、クリフとは個人情報について話し合わないとダメだね。

「なら、レシピを聞くのはよそう。でも、たまに持ってきてくれると娘も喜ぶから頼む」

それなら、大丈夫かな。クマの転移門もあるし、いつでも来ることはできる。

「エレローラ、ユナがいつでも城に入れるように手配をしておいてくれ」

「分かりました」

プリンを持ってくるために、ギルドカードに城の入場許可証が書き込まれることになった。

それでいいのか。

71 クマさん、卵のためにクリモニアの街に戻る

卵がない。

大問題だ。

目玉焼きも、スクランブルエッグも食べられない。

卵サンドもプリンも作れない。

これは大問題だ。

至急補充しなければならない。

なので、

「フィナ、クリモニアに戻るけど、フィナも帰る？」

「ふぇへ？」

フィナが変な返事をする。

「卵がないから孤児院まで行こうと思うんだけど」

「ユナお姉ちゃん、帰っちゃうの？」

転移門でちょちょいとね。

「そうだけど。フィナは別に王都見物しててもいいけど、どうする？」

「帰ります。ノア様にお別れの挨拶《あいさつ》をしてきてもいいですか？」

「ああ、大丈夫よ。今日中には戻ってくるから」

「………？」

フィナが小さく首を傾《かし》げる。

「つまり、今からクリモニアに向かって、さらに今日中に王都に戻ってくるってことですか？」

「そうだけど」

なんか、話が噛《か》み合ってない気がする。

「早ければ午後には戻ってくるけど」

「ユナお姉ちゃん、くまゆるとくまきゅうが可哀想《かわいそう》です。わたし卵がなくても大丈夫です。だから、そんな酷《ひど》いことしないでください」

「………？」

今度はわたしが首を傾げる。

「クマの転移門で移動するからくまゆるとくまきゅうは使わないよ」

「クマの転移門？」

今度はフィナが首を傾げる。

ああ、フィナには説明してなかったんだ。

「ごめん、フィナはずっと一緒にいるから話したつもりでいた。クマの転移門があるから一瞬でクリモニアに戻れるよ」

「……ユナお姉ちゃん、言っている意味が分かりません」

わたしもそう思うよ。いきなり、転移門とか、一瞬で移動できるとか言われても困るよね。

わたしだって現実の世界でそんなことを言われたら、こいつ頭おかしいんじゃない、ぐらいは思う。

そもそもこの世界に転移する魔法が存在するかも分からないし、なければフィナがそんなことを言いだすのは当たり前のことだ。

「えーと、フィナに少し聞きたいんだけど。この国に転移っていうか、場所と場所を一瞬で移動する方法ってある？」

「…………」

「たとえば、王都から一瞬でクリモニアまで行ける魔法とか」

「聞いたことがありません」

ですよね～。

う～ん、転移門のことフィナに話しても大丈夫かな。

フィナは言いふらすような子じゃないし。

まあ、他人に知られても、わたしにしか使用はできないし、設置する場所はクマハウスの中だし、大丈夫だという結論にたどり着く。

「フィナ、わたし、あなたのこと信じているから」

「えーと、はい？」

首を傾げながら頷《うなず》いてくれる。

わたしは倉庫に向かいクマの転移門を設置する。

「これ、確か向こうの倉庫にもあったけど」

倉庫にあるけどフィナに説明はしていなかった。

長い間、一緒にいるから話したつもりでいたよ。

「この門とクリモニアにある門とは繋《つな》がっているんだよ」

「ユナ、お姉ちゃん。いくらわたしでも騙《だま》されません。この門をくぐったらお母さんのいる街に行けるなら、誰も苦労しません」

ごもっともです。

「とりあえず、行けば分かるよ」

フィナの手を握り、クマの転移門のドアを開ける。

その先はクリモニアの街にあるクマハウスの倉庫の中だ。

「ユナお姉ちゃん!?」

驚いた表情を浮かべるフィナ。まあ、普通は驚くよね。

「誰にも言わないでね。あと、わたしがいないと移動はできないからね」

倉庫から出ると懐かしいクリモニアの街。

「この時間ならティルミナさんは孤児院にいるはずだから行こう」

2人で孤児院に向かう。

孤児院の近くにやってくると、外で遊んでいた子供たちがわたしに気づく。

「クマのお姉ちゃん」

幼年組とわたしが勝手に名付けた子たちだ。

まだ幼いけど、自分よりも年下の子の面倒を見る偉い子たちだ。

一人が気づくと2人、3人とわたしに駆け寄ってくる。

わたしの周りに子供たちが集まる。気のせいかな、子供が増えている気がするけど。

「みんな、なにもなかった?」

「うん、大丈夫だよ」

「僕たち、ちゃんと仕事してたよ」

みんなの頭を撫《な》でてあげる。

「ティルミナさんはいる?」

「うん、先生と一緒にいるよ」

みんなに元気に遊ぶように言って、わたしは孤児院に向かう。

中に入ると、院長先生とティルミナさんとリズさんの3人がお茶を飲んでいるところだった。

「お母さん」

「フィナ、それにユナちゃんも帰ってきたの？」

「すぐに王都に戻りますよ。卵が欲しくて一度、戻ってきたんです」

「卵？」

「卵、ありますか？」

「この卵は全てユナちゃんのものだから、あるといえばあるけど。もしかして、それだけのために王都から戻ってきたの？」

まあ、クマの転移門を知らなければ、そう思うよね。

「えっと、はい。くまゆるとくまきゅうに頑張ってもらいました」

フィナが想像していた案を使わせてもらう。

「ユナちゃんの召喚獣はそんなに速いの？」

答えられないので、適当にごまかすことにする。

「まあ、召喚獣ですから」

答えになっているような、なっていないような返事になる。

「それで、いつ王都に戻るの？」

「早ければ今日にでも」

「早いのね」

「卵が明日になるなら明日でもかまいませんけど」

「そうね。いくつぐらい欲しいの」

「100でも200でも多ければ多いほど」

「それじゃ、明日でもいい？　今日100個、明日はもっと多く用意できるはずだから」

わたしは了承する。

「それじゃフィナ。出発は明日にするから、今日はティルミナさんと一緒にいていいよ。もし、このままこっちに戻るなら、それでもいいけど」

「いえ、わたしも王都に戻ります。ノア様にお別れの挨拶もしてませんから」

「それじゃ、明日この孤児院で会いましょう。ああ、それからティルミナさんと皆さんにお願いがあるんですけど」

「なにかしら？」

「今度、1か月ぐらいしたらジャガイモを売りに来る人がいると思うから、受け取ってもらえますか。前金は払っているので、残りの代金は卵の売り上げから引いといてください」

「ジャガイモ？　たまに売っているのを見るけど、あれはたまに腹痛を起こすわよ」

たまにでも、この街で売っていたのか。でも、定期的に購入したいから、なにも問題はない。

「芽や緑色に変色している部分を食べなければ大丈夫ですよ」

簡単にジャガイモの食べるときの注意点を教えておく。

「そうなの？」

「だから、受け取っておいてください」

「分かったわ」

今日の分の卵を受け取り、孤児院から離れる。

街の中を歩いていると王都ほどの視線はない。

たまに小さい子から、「クマさんだ」と言われるぐらいだ。

軽く手を振ってあげると喜んでくれる。


わたしがクマハウスに帰ってくると、前に人が立っていた。

「ユナちゃん、やっと戻ってきたわね」

わたしの前に獲物を見つけたような目をしたミレーヌさんがいた。

「ミレーヌさん？　どうかしたんですか？」

「どうかしたか、じゃないわ。ユナちゃんにはいろいろと聞きたいことがあります」

なんだろう、ミレーヌさんに怒られるようなことをした記憶はない。

「あの食べ物、なに！」

「食べ物って？」

「王都に行く前にわたしに渡した食べ物です」

「ああ、プリン」

そういえば渡した記憶がある。

「そう、それです。あの美味《おい》しい食べ物は」

「それにしても、よくわたしが街にいるのが分かりましたね」

「その格好《かっこう》で気づかない人はいません。商業ギルドの職員にあなたを見かけたって聞いたから、家の前で待っていたのよ」

ミレーヌさんは、わたしを逃がさないように肩をがっしりと掴《つか》む。

簡単に振り払うこともできるけど、そんなことをしたらミレーヌさんが大変なことになってしまう。

「逃げたりしませんから、放してくれませんか」

「本当ね」

「ミレーヌさん、性格が変わってますよ」

凛々《りり》しかったミレーヌさんのイメージが崩《くず》れていく。

「それはユナちゃんが悪いわ。あんな美味しいものを渡していなくなるんだから」

そんなつもりはない。ただ、お礼としてあげただけだ。

それにいなくなると言われても、王都に行くことは伝えてあるよ。

「それでユナちゃん、あの食べ物はなに？」

「卵を使った食べ物ですよ。気に入ってくれたんなら嬉しいですよ」

「それでユナちゃん、相談なんだけど。お店を出さない？　絶対に売れるわよ」

売れるのは分かっている。

いつになるか分からないけど、店を作って孤児院の子供たちの職場にと考えている。

料理好きな子もいるだろうし、プリンなら子供でも作り方さえ分かれば作れる。

だから、クリフにも国王様にもレシピを教えなかった。

「さっきも言ったけど、プリンには卵を使うんですよ。今、卵の価格ってどんな感じですか？」

「かなり、下がっているわよ。毎日、２００から３００個入荷しているからね」

価格も順調に下がっているようだ。ギルドに卸している数も増えている。

それならギルドに卸す数を減らせばお店を出すことができるかな？

現在、コケッコウの数は４００羽ぐらいらしい。先ほどティルミナさんに聞いた。

お店を出すなら、最低でも５００。将来的には１０００羽は欲しい。

順調に増えているから、近いうちに５００羽はいくかな。

限定販売にすればお店を出すことも可能だ。ただ問題なのは、お店の経営は子供たちだけではできないことだ。誰か大人に見てもらわなければ。

思いつくのはリズさんかティルミナさんに任せることだけど、リズさんはコケッコウと子供のお世話がある。ティルミナさんには卵の管理をしてもらっている。ただ、午前中で仕事が終わるようなことを言っていたから、午後なら時間はあるよね。

そのへんはティルミナさんと相談かな？

「料理人をこちらで用意することもできるわよ」

それは遠慮したい。レシピが洩《も》れるのは困る。

「とりあえず、先にお店のほうをお願いしていいですか?」

「どういうこと?」

「レシピはなるべく教えたくないので、料理人は大丈夫です」

まあ、プリンぐらいだったら孤児院の子たちでも作れる。

問題はお店を管理する人、子供たちを見守る人だ。

リズさんやティルミナさんが頭に浮かぶが、2人とも忙しい。

その辺りは、王都から戻ってきてから、要相談かな。

「分かったわ。お店について希望はある?」

「お店の広さはお任せしますが、場所は孤児院の近くでお願いします。あとできれば、人だかりができても迷惑がかからない場所でお願いします」

もしかすると、行列ができる可能性もある。何百人も並んだら、よそに迷惑がかかる。

「孤児院の近く?」

「店を開いたら、孤児院の子供たちを働かせる予定なので」

「孤児院の子供たちを働かせるの?」

「自立する機会になればと思って」

「分かったわ」

「急いでないからゆっくりでいいですよ。また、明日には王都に戻るつもりだから」

「そうなの？」

「ちょっと、用事ができて、戻ってきただけですから」

「用事ができたからといって、そう簡単には戻ってこられる距離じゃないと思うんだけど」

「わたしの召喚獣は優秀だから」

転移門のことは話せないので召喚獣って逃げ道を使う。

ミレーヌさんもそれ以上は聞いてこなかった。

その代わり、言いにくそうに、違うことを尋ねてきた。

「それでユナちゃん。またプリンを譲ってほしいんだけど、ダメかしら」

凄《すご》く、物欲しそうにお願いをされた。

ミレーヌさんにはお世話になっている。

わたしはクマボックスに入っているプリンを4つ取り出す。

「今持っているのはこれが最後です」

「ユナちゃん、ありがとう」

嬉しそうに受け取ると、落としたりしないようにアイテム袋にしまうと去っていく。

うん？　そういえば、ミレーヌさんのわたしの呼び方が変わったような？

気のせいかな。

わたしはティルミナさんからもらった卵でプリンを作ることにする。

今日はこれだけで終わりそうだ。

72　クマさん、パン職人をゲットする　その1

翌日、卵を手に入れると王都に戻った。

これでしばらくは安心だ。

クマハウスでのんびりしていると、外からわたしを呼ぶ声が聞こえる。

外に出るとノアが頬《ほお》を膨《ふく》らませながら仁王立《におうだ》ちしている。

怒っているみたいだけど、頬が膨らんでて可愛《かわい》い。

「ユナさん、昨日はわたしを置いてどこに行っていたんですか？」

クマの転移門のことは話せないので、話を逸《そ》らすことにする。

「わたしからも聞いていい？」

「なんですか？」

「よく分からないけど、ノアって暇なの？　貴族の挨拶《あいさつ》回りとか、誕生祭に参列するための準備とかないの？」

貴族なら誕生祭に参列するドレスを用意するとか、いろいろとあると思うんだけど。

「ないですよ。基本、お母様がここに住んでいますから、改めての挨拶は必要ありません。

あるとしたら誕生祭のパーティー会場で挨拶をするぐらいです。それも、お父様とお母様の付き添《そ》いです。それに主役はお姉様のほうですから。わたしはおまけです。それよりも昨日のことです。ミサと一緒に来たんですよ。クマさんに会いたいとミサが言っていたので」

それは悪いことをした。

昨日のことは説明できないので、素直に謝っておく。

そして、謝罪を込めて、ミサを誘って、くまゆるとくまきゅうと遊ぶことにする。

わたしはフィナを含む3人がくまゆるとくまきゅうと遊ぶ姿を見ながら、家で一日を過ごした。

王都に来て日がどんどん過ぎていき、誕生祭の日が近づいてくる。

流石《さすが》に誕生祭が近づくとクリフたち貴族は忙しく動き回っている。

暇だったノアとミサも外出ができなくなり、最近はフィナと2人で出かけることが多くなった。

「王都に来たときも人が多いと思ったけど、今日はさらに多いね」

「こんなに人がいるのを見たのは初めてです」

「その分、視線も多く浴びるけどね」

「ユナお姉ちゃんの格好《かっこう》はどこに行っても目立ちますから」

すれ違う人の視線は必ずわたしのほうを向いている。

王都に来て数日、スルー技術も身についてきた。

気にならないといえば嘘《うそ》になるが、人は慣れる生き物だ。

絡んでこないかぎり、無視することにしている。

「気にしてもしかたないよ。誕生祭を楽しもう」

「はい」

買い食いしたり、露店を冷やかしたり、王都を適当に見て回る。

王都はゆっくりと全部を見て回るにはどんなに時間があっても足りないほど広い。

でも、収穫もいろいろあり、珍しいものをいろいろと手に入れることができた。

いろいろと面倒なこともあったけど、王都に来たかいがあった。


「あ、いい匂《にお》いがするね」

どこからか、焼きたてのパンの匂いが漂《ただよ》ってくる。

「はい。美味《おい》しそうな匂いがします」

「どうやら、あそこのパン屋みたいだね。ちょうどいいから食べていこうか」

視線の先にはパン屋さんの看板がある。

少し小さめのお店だが店の中は人だかりができている。

みんな、わたし同様、この匂いに釣られてきたみたいだ。

わたしとフィナはパンを買うために列に並ぶ。

わたしの姿を見て、驚きはしても、声をかけてくる者はいない。

そして、待つこと10分ほどでわたしたちの番になる。

「美味しそうなパンだね」

わたしと同じぐらいの歳の女の子が接客をしている。

わたしの格好を見て驚くが、すぐに笑顔で対応してくれる。

「あ、ありがとうございます」

「それじゃ、お勧めのパンを2つちょうだい」

「はい」

女の子は焼きたてのパンをわたしとフィナにそれぞれ渡してくれる。

いい匂いだ。

「美味しかったらまた来るね」

「はい、お待ちしています」

わたしたちは歩きながらパンを食べる。

フィナもわたしの真似をして歩きながら食べるけど、教育に悪いかな？

ティルミナさんに心の中で謝罪をして、歩きながらパンを食べる。

「今まで食べたパンの中で一番美味しいかも」

「はい、とても美味しいです」

ふかふかのパン。

日本で食べたパンを思い出す。

このパンでサンドイッチや、チーズもあるからピザトースト。いろんなパンを作ったら美味しいだろうな。

クリモニアの街に帰る前に忘れずに買おう。

でも、あのお客の数。流石に買い占めはできないかな。まあ、クマの転移門があるから、いつでも買いにこられるけど、できれば大量に買い占めておきたいところだ。

それから、フィナと食べ歩きをしながら王都見物の続きをする。

帰りにまた、あのパン屋の近くを通ることになったので、明日の朝食分のパンを買って帰ることにする。

フィナも賛成してくれる。あのパンは美味しかったからね。

まだ、お店が開いていればいいんだけど。

店の近くに来ると、お客さんの姿は見えない。もしかして終わっちゃった？

確認するために店の前に行くと、女性の叫び声が聞こえてくる。

「やめて」

開かれたドアから見ると30代くらいの女性が叫んでいる。

その女性の後ろにはパンを売ってくれた女の子がいる。

どういう状況なの？

店の中には叫ぶ女性が2人、暴力を振るう男が3人。周りにいたお客や、見物人は誰も助けようとはせずに、徐々に離れていく。

母親は娘を後ろにかばい、一生懸命に抵抗している。

「早く、出ていけよ。この店はおまえたちのものじゃないんだ」

3人の男が店の中で暴れている。

男が店内で暴れるたびにパンが空中を舞う。

ぷち。

「でも、約束では誕生祭が終わるまでだと」

「この場所で商売したい人がいるんだよ！」

男は床に落ちているパンを踏みつける。

ぷち。

「でも、約束は」

「約束、約束、うるせぇよ。この場所で働きたかったら、旦那の残した借金を返すんだな。なんなら、娘の体で払うか」

男が母親にかばわれている女の子に手を伸ばし、腕を掴《つか》む。

ぷちぷち。

「娘を放して！」

母親が娘を助けるために男に摑《つか》みかかる。

だが、男は母親を殴りつける。

ぷちーん。

切れました。

店に乱入しました。

「なんだ貴様！」

殴りました。

「なにしやがる！」

蹴《け》りました。

「貴様、俺たちが……」

投げ飛ばしました。

「誰から死にたい？」

倒れている男を踏みつけました。

「おまえはなんだ」

「クマだけど」

こんな男たちに名乗る名前はない。

「俺たちに、こんなことをしてただですむと思っているのか」

殴り飛ばした男が立ち上がり、ナイフを取り出す。

「ナイフを出したってことは死んでも文句がないわけね」

「ふざけるな！」

鳩尾《みぞおち》にクマパンチを入れる。

男はお腹《なか》を押さえて倒れる。

「次は」

残りの2人を見る。

「貴様、その格好を覚えたからな。この王都から無事に出られると思うなよ」

倒れている男を引きずりながら、男たちは捨《す》て台詞《ぜりふ》を吐《は》いていく。

「大丈夫？」

親子に近寄り話しかける。

「はい、ありがとうございます」

「それにしてもこれは酷《ひど》いね」

焼きたてのパンが全て床に落ちている。

それがいい匂いをさせているから余計に酷く感じる。

やばい、落ちているパンを見ただけで怒りが湧《わ》いてくる。

もっと殴っておけばよかった。

「さっき、借金とか言っていたけど」

「はい、この店を購入したときの借金があるんです。ですが、先日夫が亡くなったと思ったら、借金を返せと言いだしまして、返せないようだったら出ていけと」

「でも、こんなに美味しいパンを作れるなら借金も返せるんじゃない？」

昼間、購入したとき行列ができていた。味も美味しい。

あれなら、借金も返せるはず。

でも、母親は首を横に振る。

「亡くなった夫が騙《だま》されたらしく、とても払える金額ではないのです」

どこかで聞いたことがある、悪徳金融の詐欺《さぎ》の手口だ。

「それで、借金の形《かた》にお店を」

それで嫌《いや》がらせを受けて追い出されようとしているわけか。

うーん、どうしたものか。

わたしとしては美味しいパンが食べたいからパン屋を続けてほしい。

「でも、ここを出ていく前に少しでもお金を稼いで、次の店を作るための資金にするつもりだったのですが」

「誕生祭が終わるまでって約束だったのに」

娘さんが床に落ちているパンを悲しそうに拾う。

そんな娘の肩を優しく抱きしめる母親。

悔しいだろうね。

わたしがなにかしてあげられることはないかな。

お金を出してあげることも考えたが、いきなりお金を出しても2人が受け取るとは思えない。

お店か……。

頭の片隅にあったことを思い出す。

「パン屋は続けるの？」

「夫がわたしに託してくれたパンだから、死ぬまでパン屋を続けたいんです」

こんな話を聞いて黙っていられない。

「うん、分かった。それじゃ、わたしの店で働かない？」

「お嬢ちゃんのお店？」

「ちょっと店を出す予定なんだけど、誰かいい人がいないか探していたの」

クリモニアの街に作る新しい店。

ティルミナさんやリズさんにお願いしようと思っていたけど、2人は忙しい。

それに商品がプリンだけでは寂しい。

パンを一緒に販売するのもいい。

しかも、そのパンの味は一流。さらに経営経験もある。わたしのお店にもっとも欲しい人材だ。

それにパンが作れれば、ピザを販売することができる。

一石三鳥だ。

「お嬢ちゃんはいったい？」

「わたしはクリモニアの街の冒険者だよ。ちょっと訳《わけ》ありで店を出すことになってね」

「冒険者……」

親子は不思議そうな目でわたしを見る。

わたしが返事を待っていると、フィナが服を引っ張る。

「ユナお姉ちゃん、人が集まってきているよ」

確かに人が集まり始めている。

それに先ほどの男たちが戻ってくる可能性もある。

「詳しい話はわたしの家でするから、移動しない？　ここにいても娘さんが危険な目に遭《あ》うかもしれないし」

「それだと、お嬢ちゃんに迷惑が」

「気にしないでいいよ。このままじゃ娘さんも危険でしょう」

母親は店の状況を確認したあと、最後に涙を浮かべている娘を見る。そして、口を開く。

「お願いします」

そして、あらためてお互い自己紹介をする。

母親の名前はモリンさん、娘さんの名前はカリンさんというらしい。

わたしは歩きながら、クリモニアの街のお店の説明をする。

プリンというお菓子とピザという食べ物を販売すること、孤児院の子供たちを雇うこと、そのお店の店長になってほしいことを説明した。

「フィナちゃん、ユナさんって何者なの？」

後ろを歩いているカリンさんがフィナに尋ねる。

「ユナお姉ちゃんはとっても優しい冒険者でいい人です。わたしも何度も助けてもらっています」

「あの格好は？」

「それは……、ユナお姉ちゃんだからとしか」

意味が分からないけど、説得力のある言葉だ。

わたしも否定することができない。


わたしたちは男たちに会うこともなくクマハウスに到着する。

「クマ？」

初めて見るクマハウスに2人は口が開いたままになっている。

「ユナさん、このクマは」

「わたしの家だよ。中に入って」

説明が面倒臭いので、2人を連れてクマハウスの中に入る。

「とりあえず、適当に休んでいて」

立たせておくわけにはいかないので、とりあえず椅子に座ってもらう。

　2人は椅子に座り、わたしとフィナも座る。

「あのう、ユナちゃん、さっきの話は本当でしょうか？」

　部屋を見回しながら尋ねてくる。

「本当だよ。でも、王都を離れてクリモニアの街に来てもらうことになるけど」

　王都にいる知り合いと別れないといけなくなる。

　とりあえずはお店で出す予定のプリンとピザを食べてもらってから判断してもらうことにする。

　わたしはピザとプリンを2人に出してあげる。

「これは」

「さっき話した、お店に出す予定のピザとプリンだよ。2人にはこれとパンをお願いしようと思っているんだけど」

　2人は初めて見るピザとプリンをジッと見ている。

　わたしが先にピザを勧めると、2人は手に取る。

「これは」

「ユナさん、美味しいです」

「この食べ物の作り方を教えてくれるの？」

「お店で働くなら作ってもらうからね」

　ピザを食べ終わった2人はプリンを食べる。

「これも美味しいです」

「本当に美味しいわ」

食べ終わった2人に再度、尋ねてみる。

「うちのお店で働きませんか？」

モリンさんとカリンさんはお互いを見る。

「本当にわたしたちを働かせてくれるのですか？」

「本当にわたしたちでいいのですか？」

「うん、あの美味しいパンが食べたいからね」

モリンさんは数秒、目を瞑《つむ》り、考え込む。そして、ゆっくりと目を開く。

「どこまでお手伝いできるか分かりませんが、娘ともどもよろしくお願いします」

モリンさんは頭を下げる。それを見てカリンさんも頭を下げる。

パン職人ゲットだ。

73　クマさん、パン職人をゲットする　その2

昨日のこともあるのでモリンさんとカリンさんにはクマハウスに泊まってもらい、朝から今後の話をしていると、外が騒がしいのに気づいた。

「出てきやがれ！」

「ドアぶっこわすぞ！」

「クマ！　出てこい！」

外がうるさい。

防音工事しないとダメかな。

「もしかして、昨日の……」

「わたしたちが、ここにいるって知られて……」

モリンさんとカリンさんが不安そうに立ち上がり、窓に目を向ける。

「ユナお姉ちゃん」

フィナも心配そうにわたしを見る。

そんなフィナに心配させないように笑顔を向ける。

「わたしがちょっと見てくるよ」

「ユナちゃん⁉」

わたしの言葉にモリンさんが驚きの表情を浮かべる。

「危険ですよ」

「心配しなくても大丈夫だよ。こんな格好をしているけど、一応冒険者だから」

モリンさんはわたしの格好を見る。とてもじゃないけど、冒険者には見えないよね。余計に不安がらせてしまったかもしれない。

「それにわたしが店に来た男たちを倒すところを見ているでしょう」

「……確かに見たけど、もしものことがあったら」

「それに、従業員を守るのは雇い主のわたしの役目だよ」

わたしは3人に外に出ないように言ってから一人で外に出る。

外には太った男を先頭に、10人ほどの男たちがいた。

「やっと出てきたな。クマのお嬢ちゃん」

お腹《なか》まわりに脂肪をつけている男がにやついた顔で話しかけてくる。

「誰よ。あんた」

「商人のジョルズ様だよ」

「それじゃ、デブのジョルズって名前に変更することをオススメするよ」

「貴様！」

部下の一人が叫ぶ。

どうやら、気に入ってもらえなかったみたいだ。いい名前だと思ったのに。

「よせ！　それでクマの嬢ちゃん。昨日はわしの部下に酷《ひど》いことをしてくれたらしいな」

「ナイフで斬《き》りかかってきたのはそっちが先だよ。それとも、こっちもナイフで斬ればよかった？」

「この王都でこのジョルズ様に楯突《たてつ》いてただですむと思っているのか。あのパン屋の娘同様売ってやろうか」

にやついた顔で言う。

ああ、あの顔を殴りたい。

太った体をサッカーボールみたいに蹴《け》り飛ばしたい。蹴れば、脂肪のおかげで跳ねるかもしれない。

「だが、あのパン屋の親子を渡せば、今回のことは許してやってもいいぞ」

「あのね。なんでも自分の言うとおりになると思っているなら勘違いだよ」

「お嬢ちゃんも世間を知らないみたいだな。この世には喧嘩《けんか》を売ってはいけない相手ってものがあるんだよ。少しぐらい腕が立つからといって、首を突っ込むもんじゃないぞ」

ジョルズの言葉で後ろにいる男たちがナイフを取り出す。

「もういい。臭《くさ》いから口を開かないで」

離れているから、臭《にお》ってくることはないけど、気分が悪くなってくる。

わたしは土魔法を発動させる。

男たちの足元が一瞬でなくなる。

商人のジョルズを残して全員落とし穴に落ちる。

穴は深く、運が悪ければ骨折しているかもしれない。でも、向こうから襲いかかってきた、そのぐらいの覚悟はあるだろう。

「貴様……魔法使いなのか？」

「冒険者だよ」

「おまえみたいな、変な格好《かっこう》をした女が冒険者だと……」

どんな格好をしていようが冒険者だ。

わたしは男に向かって歩みを進める。

「近寄るな！」

「なら、自分で穴に落ちる？　それともわたしに殴られてから落ちる？」

モリンさん親子のために一発殴らないと気が治まらない。

「わしを誰と思っている。大商人ジョルズだぞ。冒険者ギルドのギルドマスターにも顔が利《き》くんだぞ。貴様みたいな小娘、どうにだってできるんだぞ！」

「あら、冒険者ギルドのギルドマスターをしているけど、わたしはあなたなんて知らないわよ」

いきなり後ろから声をかけられて驚くジョルズ。

ジョルズが振り向いた先には耳が長い、薄緑の長い髪をした人物が立っていた。

「サーニャさん。どうしてここに」

「たまたま歩いていたら、そこの男たちが、『クマの家はこちらです』『クマは強いので気をつけてください』『クマに仕返しをさせてください』とか、会話が聞こえてきたから、ユナちゃんのことだと思って、あとを尾《つ》けてきたのよ」

確かに、そんな会話をしていればわたしだと分かるよね。

「それで、わたしとあなたが知り合いだって聞こえたんだけど、聞き間違いかしら」

サーニャさんは自分の名前を脅迫材料として使われたことに怒っている。

「冒険者ギルドのギルドマスターだと」

「ええ、そうだけど。わたし、あなたのこと知らないんだけど。ちなみにそこのクマさんとは知り合いよ」

「ふざけるな！　ギルドマスターがなんだ。わしは国王と親しいんだぞ。国王に言えば貴様たちなんぞ」

この商人、バカなのかな？

そして、一度あることは二度ある。そんな言葉はないか。

「貴様は誰だ。俺は貴様なんぞ知らないぞ」

うん、なぜか国王がいるんだけど、突っ込んでいいのかな？

「国王だと、国王がこんなところにいるわけがないだろう」

わたしもそう思うよ。なんでいるかな？

「嘘《うそ》だと思うのは勝手だが、国王の名を使って犯罪行為を行ったんだ。ただですむと思うなよ。サーニャ、悪いがそいつを捕まえてくれ。あと城に連絡を頼む」

「この中じゃ、わたしがやるしかないわよね」

サーニャさんはジョルズが逃げないように取り押さえる。

あっ、一発殴れなかった。

「放せ。わしを誰だと思っておる」

「うるさいわね」

サーニャさんが殴り飛ばす。サーニャさんが代わりに殴ってくれたからよしとするかな。

う〜ん、なんか2人の登場で解決してしまった。助かるからいいんだけど。

「それで、国王様はなんの用なんですか？」

「なんだ。中には入れてくれないのか」

クマハウスを見ながら、そんなことを言いだす。

「入るの？」

入れたくないんだけど。

「こんな家を見たら入りたくなるだろう」

「その前に、どうしてわたしの家の場所を知っているの？」

「エレローラに聞いたからに決まっているだろう」

まあ、それぐらいしか情報源はないよね。

「はぁ、分かりました」

なぜか、国で一番偉い人をクマハウスに入れることになった。

「ユナお姉ちゃん。大丈夫だった？」

フィナとモリンさんたちが心配そうにしている。

「大丈夫だよ。ギルドマスターのサーニャさんが来てくれたから」

「よかった。それで、そのおじさんは誰？」

フィナは知らないおじさんが家に入ってきたので尋ねてくる。

まあ、気になるよね。

「国王様だよ」

「えーと。国王様？」

フィナは可愛《かわい》く首を傾《かし》げる。

「そう、国王様」

「この国で一番偉い人？」

「そう」

「ど、どうして、そんな人がここにいるんですか！」

「さあ、本人に聞いてみたら？」

フィナは首を思いっきり左右に振る。

モリンさんとカリンさんの2人は国王様と知って、真っ青な顔をしている。

「それで、どうしてわたしの家に来たんですか？　もしかして家を見るために来たんですか？」

部屋を眺《なが》めている国王に尋ねる。

「それもあるが、おまえさんに頼みがある。例のプリンを、誕生祭のときに作ってもらおうと思ってな。晩餐会《ばんさんかい》に出せばきっとみんな、驚くぞ」

なんてことを考えるの!?

これは断れるの？

「ちなみに断ることは……」

「なんだ、国王の、俺の頼みを断るのか」

やっぱり、国王は俺様主義なのか。

「そうではなく、プリンを作るには材料が」

「金なら出す」

お金の問題じゃない。卵が問題なのだ。先日、卵を補充したばかりだから、作れることは作れる。問題は数だ。流石《さすが》にクリモニアに再度、卵を補充しに行くことはできない。

「ちなみにいくつ作ればいいのですか。たくさんは無理ですよ」

「できれば300」

300か……先日作ったプリンと合わせて残りの卵を使えば作れるかな？

卵を補充したばかりだけど、モリンさんたちにプリンの作り方を教えるのにちょうどいいかもしれない。

「どうだ。作れるか?」

「大丈夫だと思うけど、誕生祭っていつでしたっけ?」

改めて国王の誕生日のことを考えると、日にちを知らないことに気づいたので本人に尋ねてみる。

「おい!」

国王様に突っ込みを入れられた。

だって興味がなかったんだからしかたない。

そろそろかな?ぐらいには思っていたけど。

「ユナお姉ちゃん、5日後ですよ」

フィナが後ろから小さな声で教えてくれる。

「それじゃ、その日の朝に持っていくってことでいいですか?」

「ああ、それでいい」

「あと、わたしが作ったことは知られたくないんですけど」

「そうだな。こっそり城に入ってもらって、どこかの空き部屋に置いてもらうか」

「冷えていないと、美味《おい》しさが半減するけど」

「なら、部屋に冷蔵庫でも用意させる」

そこまでされたら断る理由はない。

国王の誕生祭の晩餐会の料理にプリンが加わることになった。

国王も帰り、外の騒がしいゴミも消え、部屋には静けさが戻る。

外のゴミはサーニャさんが警備隊を連れてきて持って帰ってくれた。

部屋の中の3人はなにか雰囲気が変だ。

「えーと、どうしたのみんな？」

みんなのわたしを見る目が違う気がする。

「えーと、ユナちゃんは何者なんでしょう。もしかして、貴族様なの？」

モリンさんが恐る恐る尋ねてくる。

「違うよ。普通の冒険者だよ」

「でも、国王様とあんなに親しげに」

「偶然に知り合う機会があっただけよ」

「でも、国王様が自《みずか》ら家に来るなんて」

「プリンが食べたかったからでしょう」

「でも……」

なかなか信じてくれない2人。フィナまでがわたしのことを貴族のように見始めている。

あの国王は余計な面倒ごとを持ってきたもんだ。

いきなり天と地ほどの身分の差がある人が目の前に現れ、その人物の知り合いとして応対している人物がいたら、その人もそれなりの人物だろうと思うのもしかたない。

どこの世界でも一緒だ。

政治家なら政治家の知り合いが多い。

医者なら医者の知り合いが多い。

教師なら教師の知り合いが多い。

芸能人なら芸能人の知り合いが多い。

引きこもりなら引きこもりの知り合いが多い（ゲーム内でいつも会う）。

どんな職業でもやっぱり、同じ業界の知り合いが多い。なら、王族には貴族の知り合いが多いことになる。

「ああ！　とにかく、わたしは貴族でもなければ王族の関係者でもないから」

無理やりこの話を終わりにしてプリン作りの話をする。

「それじゃ、予定よりも少し早いけど2人には明日から一緒にプリンを作ってもらいますので」

「わたしたちが国王様の晩餐会の料理を作るってこと？」

わたしは頷《うなず》く。

作り方を覚えるなら作ってもらったほうが早い。

「そんなの無理よ」

「どうして？」

「国王様のお口に入るのよね？」

「まあ、食べるでしょうね」

「そんな、畏《おそ》れ多いことできないわ」

「別に毒物を入れるわけじゃないし」

そんなに嫌《いや》がることないのに、2人は首を縦には振らない。

「どうしても、嫌？」

なんか、虐《いじ》めているみたいになっている。

一般的な考えからして平民が国王の料理を作るのはありえないことなのかもしれない。

まあ、わたしも総理大臣や某国の大統領に料理を作れとか言われたら、同じ気持ちになると思う。

無理強《むりじ》いはよくないのでフィナと一緒に国王の誕生祭のプリンを作ることにする。

「それじゃフィナ。2人で作るしかないね」

でも、フィナは首を横に振る。

「わたしも無理です！」

フィナ、おまえもか！

翌日、フィナの説得に失敗したわたしは一人で寂しくプリンを作っている。

3人は結局、首を縦に振ることはなかった。

とりあえず、作り方を覚えてもらうために、3人には横でプリンの作り方を見てもらっている。

せめて、卵ぐらい割ってほしいんだけど、それさえもやってくれない。

しかたなく、プリンの材料の卵を一人で割ることになる。

先日作ったプリンと合わせて、一人で300個のプリンを作ることになった。

黙々と一人で卵を割り、黙々と一人で卵を溶く。

3人は見ているだけで、手伝ってくれない。そんなに国王や貴族の料理を作るのが嫌なのかな？

卵を割るぐらいは手伝ってほしいんだけどな。そんな気持ちも届くことはなく、最後まで一人でプリン300個を作ってしまった。

大型冷蔵庫に、大量のプリンが並ぶ。

これで、補充した卵もほとんどなくなってしまったが、モリンさんがパンを作る約束をしてくれたので、朝食は楽しみだ。

74　クマさん、クリモニアの街に帰る

今朝もモリンさんが焼いたパンを食べている。

やっぱり、モリンさんが焼くパンは美味《おい》しい。

「ユナちゃんの家の石窯《いしがま》がいいのよ」

そう言ってくれるのは嬉しい。

のんびりと朝食を食べていると警備兵のランゼルさんがクマハウスにやってきた。

「こんな朝早く、どうしたの？」

「先日、捕まえたジョルズの件で報告がありまして」

「ああ、あのデブね」

ランゼルさんの話ではジョルズは他でも国王の名を使って脅迫していたことが分かったそうだ。それ以外にも暴力、詐欺《さぎ》、いろいろとしていたらしい。そして、その報告の中にはモリンさんのパン屋の話も含まれるとのこと。

話はモリンさんも交え聞くことになった。

話の内容は次のようなことだった。

借金はなくなること。

あのパン屋は正式にモリンさんのものになること。

「本当ですか？」

「はい。ジョルズの財産は没収となり、今後の調査次第では死刑になります」

「死刑……」

「国王の名を使った犯罪は、王の名を汚《けが》すものです。まして、国王陛下がその現場を見ていますので、言い逃れはできません」

それはそうか。

国王の知り合いだと言って脅迫をしてきたのだ。

国民によっては国王のことを犯罪者の仲間だと思う人が現れてもおかしくはない。

ランゼルさんはモリンさんのお店の権利書を持ってきてくれていた。

モリンさんは嬉しそうに涙を流しながら、権利書を受け取った。

ランゼルさんは頭を下げて去っていく。残されたわたしたちの間に静かな沈黙が訪れる。

「よかったね。旦那さんが作ったお店が守れて」

「ユナちゃん……」

「本当はクリモニアの街に来てほしかったんだけど」

今までどおりに王都でお店を開けるなら、クリモニアに来る必要はない。

でも、モリンさんとカリンさんはどうしたらいいか分からず、困っている。

「気にしないでいいよ。旦那さんも自分の店を守ってほしいだろうし」

「ごめんなさい。こんなによくしてもらったのに」

「ここは喜ぶところでしょう」

「ユナちゃん、ありがとう」

それからモリンさんとカリンさんはお店に戻っていった。

残念だけど、しかたない。

よい方向に流れたんだから、モリンさんたちを送り出してあげないといけない。

パンは買いにくればいいだけのことだ。

「ユナお姉ちゃん、お店はどうするの？」

フィナが心配そうに尋ねてくる。

「ミレーヌさんに相談かな。それにすぐにお店を開くってわけじゃないから、大丈夫だよ」

実際に店を開くのは先の話だ。考える時間はある。


夕方、フィナと一緒に食事の準備をしていると、モリンさん親子がやってきた。

「どうしたの？」

「少し話をいいかしら？」

話ってなんだろう。話を聞くため2人にはクマハウスに入ってもらう。

モリンさんとカリンさんは椅子《いす》に座ったまま、わたしのことを見ている。

モリンさんは一呼吸するとポケットから一枚の紙を取り出し、差し出してきた。

「ユナちゃん、これを受け取ってほしいの」

紙を確認するとお店の権利書だった。

「…………？」

お店の権利書をわたしに差し出す理由が分からなかった。

「わたしたちをユナちゃんのお店で働かせてちょうだい」

いきなり、とんでもないことを言いだした。

「どうして？　別にクリモニアに来なくても王都でお店を続けられることになったんだよ」

「今日、お店の片付けをしながら娘と話したんだけど、ユナちゃんはわたしたちを助けてくれた。そして、わたしたちを信用して、国王様が直々《じきじき》に頼みにくるプリンの作り方も教えてくれた。なのに、お店が戻ったからといって、約束したことを反故《ほご》にすることはできないわ」

「別にそんなこと気にしなくても」

モリンさんは首を横に振る。

「受け取ってちょうだい」

モリンさんは再度、テーブルの上にある権利書をわたしの方へ押し出す。

「この権利書は受け取れないよ。旦那さんの思い出の店は大事にして」

旦那さんの大切な物だ。わたしは権利書をモリンさんに返す。

「でも、お店で働いてくれるのは嬉しいよ」

「……ユナちゃん」

「わたしのお店が嫌《いや》になったら、いつでも戻っていいからね。でも、わたしのお店が気に入ったら、いつまでもいてくれると嬉しいかな」

「ユナちゃん、よろしくね」

頭を下げる2人。

2人は正式にわたしのところで働くことが決まった。

クリモニアに出発するのは誕生祭が終わった翌日ということになった。

誕生祭が終わると、集まった人たちがそれぞれの場所に帰っていく。

クリモニアの街に戻る人々も大勢で移動するため、魔物にも盗賊団《とうぞくだん》にも襲われずに移動ができる。

そのクリモニアの街に向かう一団と一緒に向かってもらうことにした。

2人は出発までにお店の片付けと王都でお世話になった人への挨拶《あいさつ》をしてくるそうだ。

これは2人のためにもいい店にしないとダメだね。

誕生祭当日、プリンをお城に持っていくためにエレローラさんを待っている。

流石《さすが》に出入りが多い当日、許可証があるとはいえ一人だと入城はできないらしい。

なのでエレローラさんと一緒にお城に行くことになっている。

「フィナ、本当に行かないの？」

「はい、わたしは留守番してます」

先日のお城見学でフローラ様に会ったことが、一種のトラウマになったみたいだ。別になにかされたわけじゃないのに。王族に会うことは平民のフィナとって、それだけで緊張することだったみたいだ。

「それじゃ、なるべく早く帰ってくるから、待っていて」

無理強《むりじ》いはしたくないので城には一人で行くことにする。

クマハウスで待っているとエレローラさんがやってくる。

「おはよう」

「おはようございます」

「ふふ、早くプリンを食べたときのみんなの顔が見てみたいわ」

エレローラさんの顔が悪人顔になっている。

国王と似た者同士だ。

「本当にわたしが作ったことは広めないでね」

「分かっているわ。それにしても国王陛下も面白いことを考えたわね」

「それに巻き込まれるほうは困るけど」

「ふふ、そうね。見ているほうは楽しいけどね」

城に着くと貴族のものと思われる馬車が次々と入城している。

装飾が綺麗《きれい》な馬車が多い。

こんなの見たら、フィナじゃないけど逃げたくなるね。

分かりやすいたとえだと、友人の結婚式に行ったら周りは高級車で来ている人たちばかり、電車やバスに乗って来たのはわたしだけって感じだ。

まあ、わたしはプリンを届けるだけでパーティーには参加しないからいいんだけど。

城の中に入ると人気《ひとけ》のない部屋に連れていかれる。

部屋の中に入ると冷蔵庫が設置されていた。

わたしがプリンを作ったことを知られないための配慮かもしれない。

「プリンはその中にお願いね」

クマボックスから取り出し、冷蔵庫の中に入れていく。その数300個。

「美味《おい》しそうね」

「食べたらダメだよ」

「流石のわたしでも食べないわよ。でも、ユナちゃんがクリモニアに戻ったら食べられないのよね」

「クリモニアに来たらご馳走するよ」

「娘の学園が休みになったら一度帰るから、そのときはよろしくね」

まあ、そのときには店ができているだろうし、店に来てもらうのもいいかもしれない。

「それじゃ、わたしは帰るね」

「本当に参加しないの？　綺麗なドレスを用意するわよ」

「フィナも寂しく待っているから帰るよ」

フィナを一人っきりにしておくのは可哀想《かわいそう》だ。

「フィナちゃんも来ればよかったのに」

「国王の誕生日パーティーに参加するのは、わたしを含めてハードルが高すぎるよ」

「そう？　魔物を倒した英雄とその友人の一人ぐらいなら問題ないと思うわよ」

「英雄になるつもりはないから、丁重にお断りさせてもらいます」


断ったわたしがクマハウスに戻ると、フィナが一人で寂しそうに待っていた。

帰ってきて正解だったね。フィナはわたしが帰ってくると嬉しそうにする。

「ユナお姉ちゃん、お帰りなさい」

「ただいま。それじゃ、パレードでも見にいこうか」

「でも、今から行っても場所が」

「特別席があるから大丈夫だよ」

フィナを連れて外に出る。

大通りに向かうと、フィナの言うとおり人だかりができ、パレードを見られる状態じゃなかった。

「ユナお姉ちゃん、これじゃ」

「あそこがいいかな？　飛ぶからしっかり摑《つか》まってね」

フィナを抱きしめて飛び上がる。小さい家の屋根に飛び移り、高い屋根へと移動する。

最後にはこの辺りで一番高い建物に移動した。

「ここからなら、よく見えるね」

下では人がパレードを見るために溢《あふ》れかえっている。

みんな、ひと目国王を見るために集まっている。

芸能人を見る感覚なのかな。それかプロ野球の優勝パレード的な。

「ほら、フィナ。人がゴミのように見えるよ」

「ユナお姉ちゃん……」

白い目で見られた。

そんな目は華麗《かれい》にスルーして、前もって買っておいた食べ物を取り出す。

しばらく飲み食いしながら屋根の上から王都を眺《なが》めていると、パレードが始まる。

先頭は馬に乗っている騎士。

騎士は槍、剣をカッコよく構えている。

騎士のあとに音楽隊がやってくる。

綺麗な音で国王のパレードに華を添《そ》える。

音楽隊の後ろに大きな馬車が見え、その上に国王と女性がいる。

王妃様かな？

美人さんだ。

美男美女なら、フローラ様みたいな可愛《かわい》い子供が生まれるわけだ。

遺伝子恐るべし。

国民に手を振っている国王が屋根にいるわたしに気づく。

王妃になにかを話し、王妃の視線もわたしに向いたかと思うと、手を振ってくれた。

なにを話したんだか。

2人が手を振っているのに無視するわけにもいかないので、わたしも軽く手を振り返す。

そんな国王の馬車は通り過ぎていく。

パレードは王都を巡り、最後に入城して終了となるらしい。

その日の王都は夜遅くまでお祭り騒ぎが続き、みんなが国王の40歳の誕生日を祝った。


誕生祭が終わった翌日、モリンさん親子はクリモニアの街に旅立った。

わたしも街に戻る前にお世話になった人たちへの挨拶に向かう。

最初に向かうのは冒険者ギルド。

「魔物討伐、改めて感謝するわ。ユナちゃんならいつでも歓迎するから、王都で仕事をするときは声をかけてね」

とサーニャさん。

次にエレローラさんの家に向かう。

「ユナ、世話になったな。娘ともども感謝する」

とクリフ。

「ユナさん、先に帰っちゃうのですか」

とノア。

「ユナさん。また今度手合わせをお願いしますね」

とシア。

「ユナちゃん。クリフが変なことをしたら、わたしに言ってね」

とエレローラさん。

「今度来るまでに花壇に花を咲かせておきますから、見にきてくださいね」

とスリリナさん。

ノアはクリフの仕事が終わり次第、一緒にクリモニアに戻ることになっている。

わたしもそれまでの滞在を誘われたが、今回はわたしの護衛も必要ないので丁重にお断りした。

次に向かうのはグランさんの家だ。

「今度また、わしらの街に来るようなら家に寄ってくれ。歓迎する」

とグランさん。

「くまゆるちゃんたちにお別れの挨拶がしたいです」

とミサ。

ミサのお願いにくまゆるとくまきゅうを呼んでお別れをした。

最後に向かった先はお城。

「プリンを食べた貴族たちの顔をおまえにも見せてやりたかったぞ。プリンを作った料理人を紹介してくれと、誰しもが尋ねにきた」

国王は思い出し笑いをする。

「わたしのことは黙っておいてくださいよ」

「それで、プリンの代金はどうする」

ああ、忘れていた。

でも、お金には困っていないんだよね。

「う〜ん、口止め料でいいですよ」

「なんだ、俺は信用されていないのか？」

「特にお金に困っていないので、もしフローラ様がしゃべりそうになったら、それをうまくごまかしてください」

「分かった。それでフローラには会っていかないのか」

「また、プリンを持ってきます。それに、会ったら泣かれそうだから」

子供の泣き顔は苦手だ。

「そうか、俺もプリンを食べたいから、早めに会いにきてやってくれ」

王都でお世話になった人へのお別れをすませ、クリモニアの街に戻ることにした。

といっても、いつでも戻ってこられるんだけどね。

番外編① 3人娘の王都見物 その1

ノアール様からお出かけのお誘いを受けたため、今日はノアール様とミサーナ様とお出かけです。

貴族のご令嬢のお2人と一緒にお出かけです。ユナお姉ちゃんも誘ったのですが、断られました。わたしの胃はもつのでしょうか。

うぅぅ、緊張します。

わたしが今回のことを考えているとユナお姉ちゃんがテーブルの上にお金を置きました。

なんでも、観光をするならお金が必要になるから、持っていくように言われました。

確かに王都を見て回るのに、お金がかかるかもしれません。どこかで食事をするかもしれません。

一応、お母さんからお金はもらってきていますが、ユナお姉ちゃんは、王都に誘ったのは自分だから、お金は全て出すと言いました。

ただ、ユナお姉ちゃんに渡されたのは、かなりの大金でした。

信用してくれているからだと思うけど、渡しすぎだと思います。

自由に使っていいと言われましたが、あんな大金使えません。

ユナお姉ちゃん。おかしいです。変です。

結局、断ることもできずに受け取ってしまいました。

なるべく、使わないようにしたいです。


わたしはユナお姉ちゃんと別れると、一人でノアール様のお屋敷に向かいます。

お屋敷に着くとメイドさんが頭を下げて礼儀正しく挨拶《あいさつ》をしてくれます。

わたしも反射的に頭を下げて挨拶をします。

うぅ、これだけは何度経験しても慣れません。

「フィナ、いらっしゃい」

「お、おはようございます。ノアール様」

「ミサが来ましたら出発しますよ」

ミサーナ様はわたしが到着してから、それほど待たずにやってきました。

「ノアお姉様、フィナちゃん、おはようございます」

「ミサーナ様、おはようございます」

「ミサ、おはよう。それじゃ、出かけましょう」

宣言するノアール様ですが、どこに行くのでしょうか？

ユナお姉ちゃんからお金を預かっているとはいえ、あまりお金がかかるところに行きたくはないのが本音です。

「ノアお姉様、どこに行くのですか？」

わたしが聞きたかったことをミサーナ様が尋ねてくれます。

「一か所は決まっていますけど、2人はどこか行きたいところはありますか？」

行きたいところを聞かれても困ります。王都になにがあるか分かりませんから、行きたいところも分かりません。

わたしにとっては王都を歩くだけでも十分に見物になるんですが、それだとダメなんでしょうか。

でも、あえて行きたいところをあげればお城でしょうか。中に入れないことは分かっていますが、近くでお城を見てみたいです。

でも、そんなことを言いだせるわけもなく、言葉を飲み込みます。

「2人ともどこもないのですか？」

「ちなみにノアお姉様はどこに行くつもりなんですか？」

「わたしの行きたいところは、まだ秘密です」

どうやら、ノアール様の行きたいところは、教えてくれないみたいです。

ノアール様の笑顔を見ていると不安になります。わたしが行っても、お腹が痛くならない場所であることを願います。

「わたしは何度か王都に来てます。フィナちゃんは王都は初めてなんですよね。フィナちゃんはどこか行ってみたいところはないのですか？」

ミサーナ様が尋ねてきます。どうしましょうか？

お2人がわたしのことを見つめるので、白状することにします。

「……お城を近くで見たいです」

「お城ですか？」

「はい、王都に来たらお城を見たいと思っていました」

わたしが素直に答えると、ノアール様は少し考えてから頷《うなず》きます。

「それでは、まずはお城を見にいきましょう」

「いいのですか？」

「さっきも言いましたけど、3人の親睦《しんぼく》を深めるためなんだからいいんですよ」

「もちろん、わたしもいいですよ」

「さあ、行きますよ」

ノアール様がわたしとミサーナ様の手を握り走りだします。


そして、お城にやってきました。

遠くからも見えるお城ですが、近くで見ると大きさが分かります。

凄《すご》く大きいです。ここに国王様が住んでいるんですね。

王子様やお姫様もいるのでしょうか。

お会いしたいですが、平民のわたしが会うことは一生ないでしょう。でも、誕生日のパレードのときに国王様と王妃様を遠くから拝見することができると言っていました。見ることができたら、お母さんやシュリにお土産話《みやげばなし》ができます。もちろん、お父さんにも話しますよ。

お城の周辺には、わたしと同様にお城を見ている人が多くいました。みなさんも王都見物で、お城を見ているようです。

「やっぱり、人が多いですね」

ノアール様はお城ではなく、周りの人たちを見ています。

「誕生祭だからしかたないですよ。遠くから来る人もいますから」

わたしみたいな人がいるってことですね。

そして、近くにいる親子の会話が聞こえてきます。

「お母さん、お城の中はどうなっているの？」

「どうなっているのかな。きっと、綺麗《きれい》なところだと思うわよ」

「見てみたいな〜」

わたしもお城の中がどうなっているか気になりますが、中には入れません。しかも、今は誕生祭のためか、警備兵の姿が多く見えます。そのため、お城の門にすら近寄れません。

「それじゃ、中には入れないからお城を一周しようか？」

とても、魅力的な話ですが、いいのでしょうか？

確かに、いろいろな場所からお城を見たい気持ちはあります。

「お城の中は案内できませんからね。それにフィナには楽しんでほしいから」

ノアール様は気を遣ってくれているみたいです。

本当にお優しい方です。

ミサーナ様からも了承され、お2人の案内でお城の周りを一周することになりました。

お城の中のことを知っているノアール様とミサーナ様が話してくれます。

「あの壁の先には兵士の訓練場があるんですよ」

「中には綺麗な庭園もありますよ」

お城の中に入れないわたしのために一生懸命に中のことを話してくれます。

2人ともお優しいです。貴族の方はもう少し威張っていると思っていましたが、そんなことはありませんでした。それとも2人が特別なんでしょうか。

それからも、ノアール様とミサーナ様はあそこになにがあるとか、あの上から見える景色は綺麗とか話してくれます。

そして、楽しいお城見物も終わりが来ます。

「ノアール様、ミサーナ様、ありがとうございました。とても、楽しかったです。帰ったら家族に話してあげられます」

「本当は、お城の中も案内してあげたいんですけど」

「いえ、大丈夫です。ノアール様とミサーナ様がお城のいろいろなことをお話ししてくれたので、十分に楽しめました」

これは本当に心からの気持ちです。

2人の説明で、お城に入った気分になれました。

「なら、いいんですけど。それでは、次はどこに行きましょうか」

ノアール様が尋ねてきますが、わたしはお城を見られたことで満足なので、ミサーナ様のほうを見ます。

「ノアお姉様、少し疲れました」

わたしは比較的毎日動いてますから、それほどではありませんが、ミサーナ様はお疲れのご様子です。

「そうね。それでは、東の中央広場のほうに行って休みましょう」

東の中央広場はここから近いのでしょうか？

わたしは判断ができませんが、ノアール様の言葉に従います。

広場に向かっていると人通りも多くなってきます。

離れないように気をつけないといけません。もし、離れたら、迷子になる可能性があります。

なんとなくですが、帰り道は覚えています。が、うろ覚えです。それに離れることになったら、お2人を心配させることになります。だから、離れないようにしなければなりません。

人にぶつかりそうになり避《よ》けます。

ノアール様と少し離れてしまいました。小走りで追いかけようとしたら、ノアール様が振り向き、ミサーナ様の手を握り、反対の手でわたしの手を握りました。

「ノアール様？」

「はぐれたら大変ですから」

ノアール様が手を引っ張ります。

握ってくれる手はとても温かかったです。

ノアール様の行動に自然と笑顔になります。

「それから、ノアールではなくて、ノアって呼んでください。親しい者はノアって呼びますから」

「それなら、わたしのこともミサと呼んでください」

お２人がいきなり、とんでもないことを言いだしました。

愛称で呼ぶってことは、それなりに親しくないと無理です。

それをお許しになったということは、平民のわたしを友達と思ってくれているってことでしょうか。

「ノアール様、ミサーナ様……」

「違います。ノアです」

「はい、ミサです」

お２人は微笑《ほほえ》みながら、わたしの言葉を待っています。

どうやら、名前を呼ばないとダメみたいです。

「ノア様、ミサ様……」

少し、恥ずかしいですが、わたしがそう呼ぶとお2人は嬉しそうにします。

「よろしくね。フィナ」

「フィナちゃん、よろしくお願いします」

「はい！」

番外編② 3人娘の王都見物 その2

「到着しましたよ」

ノア様に連れてこられたのは、テーブルや椅子《いす》がたくさん並んでいる場所でした。

広いです。いろんな人が椅子に座って休んだり、食事をしたり、おしゃべりをしている姿があります。

空いている席もあるので休めそうです。

でも、この場所でなにも食べずに休むのは苦痛かもしれまん。

周辺の屋台やテーブルから、いろんな美味《おい》しそうな匂《にお》いがしてきます。

お腹《なか》に刺激が来ます。お腹が空きます。

このままではお腹が鳴りそうです。

そう思ったら、違うところからお腹の鳴る音が聞こえてきました。

どうやら、音の発信源はミサ様でした。ミサ様はわたしたちに聞かれて恥ずかしそうにします。

「お腹が空きましたね」

「はい」

それには同意です。わたしもお腹が空いています。

食事をすることも、ここに来た目的だそうです。

「それじゃ、なにか買ってから休みましょう」

その提案に賛成します。


まず向かった屋台は串焼きを売っているお店でした。

肉の焼けるいい匂いがしてきます。

ノア様が屋台の前に立つと注文をします。

「すみません。串焼き3本ください」

「あいよ！　今、美味しいところを焼いてやるよ。可愛《かわい》いお嬢ちゃんたち」

おじさんはそう言うと、タレをつけて串を焼きます。

とてもいい匂いがしてきます。唾《つば》を飲み込んでしまいました。お2人に聞かれていませんよね。

お2人は焼いているところを見ていて、わたしのことには気づいていませんでした。よかったです。

「あいよ。お待たせ。美味しい串焼きだ」

わたしがユナお姉ちゃんから預かったお金で払おうとしたら、ノア様に止められました。

「わたしが支払います」

「わたし、ユナお姉ちゃんから、ちゃんとお金は……」

「みんなの分はちゃんとお母様から預かっていますので気にしないでください」

今、なんと、言いましたか？

ノア様のお母様よりお金を預かっていると。

目眩《めまい》がしてきます。ユナお姉ちゃんからお金を預かり、さらにノア様のお母様までわたしのためにお金を用意しているって。こないだまで、食べるのも困っていたわたしには畏《おそ》れ多すぎます。

ユナお姉ちゃんのお金なら働いて返すことができますが、貴族様からお金をいただいたら、お返しはどうしたらよいのでしょうか。

ノア様やエレローラ様が、お返しを望んでいるとは思いませんが、どうしたらいいか困ってしまいます。貴族と平民では、やっぱり越えられない壁があると思います。

どうにか、断る理由を考えますが、言葉が出てきません。

もう、どうしたらいいか分かりません。

考えている間にノア様は3人分のお金を払い、串焼きを受け取ってしまいました。

そして、ノア様は串焼きをわたしの目の前に差し出してきます。

「今日はわたしが誘ったんですから。ほら、もっと買うんですから受け取ってください」

いいのでしょうか？

それから、ノア様は宣言どおりに次から次へと買い始めます。わたしの手もそうですが、ミサ様の手もノア様の手も持ちきれないほどの食べ物で一杯になりました。

ノア様は買い慣れている感じでした。

そのことを遠回しに尋ねると、

「いつも買っていますからね」

貴族様でも屋台の食べ物を食べるんですね。

ミサ様はあまり、屋台での買い物の経験がなかったようで、恥ずかしそうに注文をしていました。

それともノア様が特別なのでしょうか。

わたしたちは買ってきた食べ物を空いているテーブルに置き、椅子に座ります。流石《さすが》に歩き疲れた感じがします。

3人が持っている食べ物をテーブルに置くとかなりの量でした。3人で食べきれるでしょうか？

「それじゃ、みんな好きなものを食べてください。足りなくなったらまた買ってきますから」

いえ、ノア様。十分に多いです。これ以上買ってこないでください。口に出せないので、心の中で言います。

でも、お腹が空いているのは確かです。テーブルから漂《ただよ》う美味しそうな匂いが、食欲をそそります。

早く食べたい気持ちはありますが、ノア様とミサ様が召し上がるのを待ちます。

ノア様が一番に手をのばして食べ物を食べ始めます。それを見たミサ様も屋台で一番に食べたそうにしていた料理を選びます。お2人が口に運んだのを確認して、わたしも串焼きに手をのばして、口に運びます。

クリモニアにある屋台と味つけが違うので新鮮な感じがしますが、とても美味しいです。お土産に買って帰れないのは残念です。

「それじゃ、フィナには洗いざらい話してもらいましょうか」

串焼きを食べているわたしに、いきなりノア様がそんなことを言いだしました。

驚いて言葉が出てきません。

なんのことを言っているのでしょうか?

わたしが驚いて困っていると、なんのことなのか教えてくれます。

「フィナとユナさんについてよ。どんな関係なのか、話してもらいますよ」

「わたしとユナお姉ちゃんですか?」

「わたしも聞きたいです!」

ミサ様まで言いだします。

「ノア様にはお会いしたときに話しましたよ」

王都に来るときに、一緒に乗ったくまゆるとくまきゅうの上で話をしました。

「ミサも知りたがっているし、わたしにもまだ話していないことがあるんでしょう」

ユナお姉ちゃんには『秘密だよ』と言われていることもあります。とりあえず、秘密だと言われたことは黙っていることにします。

まず、ミサ様にもユナお姉ちゃんとの出会いの話と、解体の仕事をもらっていることを話してあげます。

「フィナちゃん、一人で森の中に薬草を採りにいくなんて危ないです」

「ミサも、そう思いますよね」

2人に怒られます。本当は近場で探す予定だったのを、奥に探しにいってしまったわたしが悪いんです。

「でも、ユナお姉様。そんなときからあの格好《かっこう》だったんですね。それにしても、ユナお姉様はなんであんな格好をしているのでしょうか？」

そんなことをわたしに聞かれても知りません。

ただ、クマさんの手袋はアイテム袋になっているから外せないことは知っています。さらにクマさんの手袋からはくまゆるとくまきゅうが出てきますから、必要だと思います。

だから、そのためではないかと言ってみます。

でも、あのクマさんの服を着る理由は分かりません。

「確かにあのクマさんの手袋から、くまゆるちゃんやくまきゅうちゃんが出てきますので必要なのかもしれませんね。でも、それならあの手袋だけでいいと思うけど」

「フィナちゃんは知らないのですか？」

そこまでは知らないので首を横に振ります。

「でも、そんなに簡単にウルフを倒すなんて、流石《さすが》ユナお姉様です。わたしもユナお姉様が戦うところを見てみたいです」

オークと戦ったときは、馬車の中で隠れていたから、ミサ様は見ていなかったそうです。盗賊《とうぞく》のときは誰一人見ていません。そういえばわたしもユナお姉ちゃんが戦うところは、あまり見たことがありません。

「フィナはユナさんの戦うところを見たことあるの？」

「えっと、冒険者と戦うところならあります」

お2人にユナお姉ちゃんを初めて冒険者ギルドに連れていったときの話をします。

ユナお姉ちゃんはナイフ1本？　あれは武器を使っていなかったので、素手？　クマさんの手袋だけで戦い、数人の冒険者を倒したことを話します。

「わたしも街中でユナさんが戦うところを見たことがありますよ」

どうやらノア様も冒険者とユナお姉ちゃんが戦っているところを見たことがあるみたいです。

なんでも、ユナお姉ちゃんに絡んできた冒険者を魔法で倒していたそうです。

「2人とも羨ましいです」

ミサ様が小さな口を尖《とが》らせています。

でも、そんなことを言われても困ります。初めて見たときは、ユナお姉ちゃんが怪我《けが》をしないか心配でした。

まさか、あれほどユナお姉ちゃんが強いとは思いもしませんでした。

「それで、フィナに聞きたいことがあるんですけど」

「はい、なんでしょうか？」

ノア様が真剣な目つきで尋ねてきます。

「ユナさんがタイガーウルフやブラックバイパーを倒したのは本当なの？　信じていないわけじゃないけど、ユナさんみたいな女の人に倒せるのかなと思って」

「本当ですよ。タイガーウルフの討伐依頼を受けたとき、わたしは一緒に行きましたから」

「そ、そうなの⁉」

「それじゃ、フィナちゃんはユナお姉様とタイガーウルフが戦うところを見たのですか？」

わたしは首を振る。

「わたしはくまきゅうと離れた場所でお留守番をしていました。でも、討伐してきたタイガーウルフは見せてもらいました」

クマさんのお家のことはミサ様には内緒なので話すことができません。

「もしかして、ブラックバイパーを倒したときも一緒だったの？」

「いえ、ブラックバイパーは冒険者ギルドのギルドマスターと2人だけで行ったみたいです。でも、ユナお姉ちゃんが、一人で倒したって聞きました」

「お父様から話は聞きましたが、本当だったのね」

「はい。解体のお手伝いをしましたから本当です。凄く大きくて解体するのが大変だったんですよ」

ブラックバイパーの解体は大変でした。

なによりも大きく、ブラックバイパーの皮はナイフの刃が通りにくかったからです。

お父さんが言うには、生きている状態だと、もっと硬いそうです。そんな魔物を倒すなんてユナお姉ちゃんは凄いです。

「解体って言えば、フィナは解体ができるんですよね？」

「そうです。オークの解体をしていました。マリナが褒めていました」

別に凄いわけじゃありません。

小さいときから、解体作業をしていたからできるだけです。自分ではそれほど凄いとは思わないですけど。ユナお姉ちゃんもいつも褒めてくれます。

「その、お父さんがいなくて、お母さんも病気だったから、わたしが働かないといけなかったから」

わたしが家族について話すと雰囲気が暗くなります。

「今は大丈夫ですから、気にしないでください。お母さんの病気も治って、ユナお姉ちゃんのところで働いていますから」

「ユナさんのところで働いている？　ユナさんって冒険者ですよね。つまり、フィナのお母さんも冒険者なの？」

どうやら、ノア様は鳥と卵のことは知らないみたいです。

わたしは孤児院のことを話します。

それから、鳥のことを話し、卵の話をします。

「ユナさん、そんなことまでしているんですか？」

「ユナお姉様、凄いです」

2人がユナお姉ちゃんのことを褒めてくれると、なぜかわたしも嬉しくなります。

「2人が食べたプリンはユナお姉ちゃんが、その卵から作ったんですよ」

「ユナさんって何者なのかな？」

それはわたしにも分かりません。

クマさんの格好をして、くまゆるとくまきゅうがいて、強い冒険者で、孤児院を救って、お母さんの病気を治してくれた、不思議な人です。

ユナお姉ちゃんには家族はいないのでしょうか？

一度も家族の話が出てきたことはありません。

きっと、なにか理由があると思いますが、聞くことはできません。

でも、どんな格好をしていても、ユナお姉ちゃんは命の恩人で、わたしの大好きなユナお姉ちゃんです。

番外編③　3人娘の王都見物　その3

「ノアお姉様は、ユナお姉様とどうやって知り合ったんですか?」

ミサ様が尋ねます。

そのことは王都に来るときにお聞きしました。

初めは冒険者と戦う、クマの格好《かっこう》をしたユナお姉ちゃんを街でお見かけになったそうです。

それから、お屋敷に呼んで、くまゆるとくまきゅうに乗せてもらったと伺《うかが》いました。

ノア様はそれ以来、くまゆるとくまきゅうのことが大好きになったそうです。

その気持ちは分かります。あの肌触り、抱きついているだけで幸せになります。

「2人とも羨《うらや》ましいです」

ミサ様がノア様のお話を聞いて少し拗《す》ねたような仕草をします。

「でも、わたしよりもフィナのほうが、ユナさんと一緒にいることが多いから、羨ましいですよ」

「それはお仕事で……」

わたしが説明をしてもお2人の口からは「いいな」「ズルイです」という言葉が聞こえてきます。

わたしがユナお姉ちゃんのお家で解体のお仕事をしたり、お母さんのお手伝いをしているとユナお姉ちゃんがやってきたりもしますから、会うことも多くなります。

それに暇だからって言われて、連れ回されることも多いです。

「食事に行こう」「散歩に行こう」とか。先日はくまゆるとくまきゅうに乗って、遠くの村まで行くことにもなりました。

そう考えると、ユナお姉ちゃんと一緒にいることが多いのは確かです。羨ましがられてもしかたないのでしょうか？


しばらくユナお姉ちゃんの話で盛り上がり、テーブルに載っていた料理は減っていきます。でも、まだ残っています。

もう、お腹《なか》がいっぱいです。

それはノア様もミサ様も同様のようです。

3人で頑張って残さずに全て食べます。

捨てるのは勿体《もったい》ないですからね。

テーブルの上も綺麗《きれい》に片付き、食後の休憩です。

「それじゃ、そろそろ、次に出かけようか？」

休んでいると、ノア様はそんなことを言いだしました。

別にかまいませんが、どこに行くのでしょうか？

ミサ様がどこに行くのかをお尋ねしましたが、教えてくれませんでした。

「内緒です。でも、いいものが出来上がっているはずです」

そう言うノア様は笑顔です。

でも、いいものが出来上がっているとは、どういうことなのでしょうか？

わたしとミサ様は2人で首を傾《かし》げます。


連れてこられた場所はあるお店の前でした。

看板らしいものは出ていません。

ここはなんのお店なんでしょうか？

ノア様がお店の中に入るのでわたしたちも続きます。

「失礼します。ノアール・フォシュローゼです」

ノア様がお店に入ると名を告げます。

すると、男性がやってきました。

「これはノアール様、わざわざ、来られたのですか？　お約束では本日の夕方にお屋敷にお持ちする予定でしたが」

「ごめんなさい。少しでも早く欲しくなって。それで、もう出来ていますか？」

「はい、出来ています。今、お持ちしますので、少しお待ちください」

男性は奥に行き、すぐに戻ってきます。

手になにかを持っています。あまり、大きなものではありません。なんでしょうか？

「こちらになります。確認をお願いします」

ノア様は受け取ったものを確認すると、嬉しそうな顔をします。

ノア様が手にしているのは市民カード、もしくはギルドカードでしょうか？

ただ、枚数が多いです。どのくらいあるのでしょうか？

「ありがとうございます。希望どおりのものです」

ノア様はカードを嬉しそうに握りしめて、感謝の言葉を送ります。

そして、ノア様はわたしたちにカードを見せてくれます。

ノア様が見せてくれたのは市民カードやギルドカードと似たようなカードでした。

カードを見ると、そこに書かれていたのは。

クマさんファンクラブ会員証
会員番号：0000
名前：
年齢：

裏を見ると、

クマさんファンクラブ　入会規約
1、クマさんが好きであること。
2、会長及び副会長の許可を得た者に限る。
3、秘密は厳守すること。

と書かれていました。

「クマさんファンクラブ？」

ミサ様がカードを見て尋ねます。

「はい。クマさんファンクラブ会員カードです。王都に来る間に考えていたんです。それでお母様にお願いして作ってもらったんです」

ノア様は嬉しそうに話してくれます。

「本当はうちに届けてもらう予定だったんですけど、早く欲しくなって取りにきたんです」

でも、こんなものを作ってユナお姉ちゃんに怒られないでしょうか？

想像すると、怒ったことがないユナお姉ちゃんが怒った顔をしています。怖いです。

「それじゃ、２人ともこれを。あと名前は自分で書いてね」

ノア様が会員カードを渡してくれます。

カードを見ると、会員番号0002でした。

えっと、0000番がありましたから、0000はノア様で、0001がミサ様になるのでしょうか？

「わたしが1番で、フィナが2番、ミサが3番ね」

「0番は？」

「もちろん、ユナさんです」

でも、わたしが2番っていいのでしょうか？

ミサ様が2番でわたしが3番になるべきかと思います。

わたしがそう伝えると。

「会長であるわたしが1番になります。そして、副会長のフィナが2番です」

「わたしが副会長ですか!?」

副会長とは、2番目に偉い人ってことですか？

いきなり、そんなことを言われても困ります。どうにかしてお断りをしないと。

「ミサ様が副会長のほうが」

「ミサはまだユナさんと接点が少ないからダメです」

その言葉にミサ様は頷《うなず》いている。

確かにそうですが。でも、わたしが副会長って。

「それにユナさんの一番近くにいるのはフィナでしょう。副会長はいろいろとわたしたちに報告しないといけません」

報告ってなにをするんですか？

「ああ、もちろん、このことはユナさんには内緒だから、話しちゃダメですからね」

0000番というユナお姉ちゃんの番号があるのにこのことは内緒みたいです。

でも、それよりも気になることがあります。

カードの番号、桁《けた》が多くありませんか？

そのことを尋ねると、

「もちろん、目標は1万人です！」

ユナお姉ちゃん、助けてください。とんでないことになりそうです。

わたしはクマさんファンクラブの会員番号0002番と副会長の地位をもらうことになりました。

そして、カードを大事にアイテム袋の奥深くにしまいます。

どうか、ユナお姉ちゃんに見つかりませんように。

ちなみに、カードはまだ100枚しか作られていないそうです。

エレローラ様からファンクラブの人数が100人を超えたら、また新しく100枚作るようにと約束させられたそうです。

100人でも多いと思います。

ノベルス版3巻 書店特典① クマさんとお出かけが楽しみなノア

なんと、明日はユナさんと一緒に王都に行くことになりました。

「あまり、ユナに迷惑をかけるんじゃないぞ」

食事中に嬉しそうにしているとお父様に注意されました。

心外です。ユナさんに嫌われることなんてしません。嫌われたら、二度とクマさんに乗せてもらえなくなります。

それにプリンってお菓子ももらえなくなります。思い出しただけで、もう一度食べたくなります。

「エレローラに会ったら、ユナのことを頼むぞ。一応手紙にも書いておいたが、もしエレローラが暴走するようだったら、おまえが止めてくれ」

お母様はユナさんに酷いことはしないと思いますが、からかうことはしそうです。ユナさんの格好を見て笑ったりしないといいのですが。そのあたりは気をつけないといけません。

もし、お母様が暴走してユナさんに迷惑をかけでもしたら、わたしも嫌われる可能性があります。そんなことになったら困ります。

「わ、分かりました。がんばります」

お父様に「頼むぞ」と念を押されました。

クマさんのためにも頑張ります。


明日の準備も終え、お風呂から上がり、明日のことを考えます。

移動は馬車ではなく、クマさんで移動です。

王都に向かう数日間、クマさんと一緒なんて幸せです。

「早く、明日にならないかな」

「早く寝れば、すぐですよ」

寝る前にわたしの髪をとかしてくれているメイドのララが話しかけてきます。

ララは丁寧に優しく、髪をとかしてくれます。

「本当にノアールお嬢様はクマさんがお好きなんですね」

「もちろんです。あんなに柔らかくて、温かくて、もう、楽しみでしかたありません」

あのときのクマさんの感触が忘れられません。あまりの気持ちよさに寝てしまったほどです。

「そうですね。わたしも初めは怖いと思いましたが、ユナ様と一緒にいさせてもらいましたら、優しいいい子だと分かりました」

「そうなんです。わたしが声をかけると、ちゃんと返事を返してくれるんですよ。わたし

が乗せてってお願いすると、腰を下ろしてくれるし、止まってってお願いすれば止まって
くれるし、可愛くてしかたありません。わたしもクマさんが欲しいです」

わたしが嬉しそうに頭を左右に揺らすと、ララに頭を押さえつけられます。少し痛いです。

「ふふ、それは無理ですよ。あのクマさんはユナ様の召喚獣です。欲しいとかおっしゃっ
てユナ様を困らせてはダメですからね」

「分かってます。ああ、でも、明日が楽しみです」

ララが髪の毛の手入れが終わったことを教えてくれます。

わたしはララにお礼を言って、ベッドに入ります。

「それでは明日のために早く寝ないといけませんね。灯りを消しますのでお休みになって
ください」

ララが部屋の灯りを消してくれます。

「うん。お休み、ララ」

「お休みなさい、ノアールお嬢様」

明日が楽しみで興奮していたけどすぐに眠りに落ちてしまいました。

昨日早く寝たせいか、朝早くに目が覚めてしまいました。

ララもわたしが起きていることに驚いていました。

「ノアールお嬢様、お早いですね」

「あれから、すぐ寝ましたからね。あとはユナさんが来るのを待つだけです」

「その前に朝食を用意しますのでお待ちになってください」

朝食を食べていると、お父様がやってきます。

わたしが起きていることに驚いていました。

そんなにわたしが朝早く起きるのは珍しいですか？

失礼です。

そして、朝食を終えたわたしは席を立ちます。

「わたし、外でユナさんをお待ちしますね」

「早くないか」

「もしかすると、早く来るかもしれません」

わたしは部屋に戻ってアイテム袋を持つと、外に向かいます。

早くユナさん、来ないかな。


でも、いくら待ってもユナさんが来ません。

遅刻です。

でも、様子を見に来たララが言うには、まだ時間になっていないそうです。おかしい。

ララに家の中で待っているように言われましたが、外でユナさんを待つことにします。

そして、やっとユナさんがやってきました。いつものクマさんの格好です。可愛いです。

でも、その横にわたしと同じくらいの年の女の子が一緒にいます。

誰なんでしょう。

とりあえず、ユナさんに文句を言います。

「遅いです！　ユナさん！」

遅刻はしてませんが、わたしが待ったのは事実です。

腰に手を当てて怒ったふりをします。

でも、ユナさんは気にした様子もなく、家の中で待っていれば良かったのにと言います。

確かにそうですが、わたしはユナさんと会話をしながら、ユナさんの後ろに隠れている女の子が気になります。

ユナさんがその女の子を一緒に王都に連れていっていいか、尋ねてきます。

ユナさんと2人だけの旅もいいですが、ここで断ったらユナさんに嫌われるかもしれません。

だから、わたしは了承します。

でも、譲れないところがあります。

「クマさんは譲りませんよ」

女の子に向かって宣言をします。

「クマには2人で乗ってもらうよ」

とユナさんに言われてしまいましたからしかたありません。わたしは再度、女の子に指をさして宣言をします。

「前は譲りません」

クマさんの前に座るのはわたしです。

それから、お父様からも女の子の同行の許可をもらい、王都に向けて出発します。

女の子の名前はフィナというらしいです。それにしてもユナさんとはどのような関係なんでしょうか。

わたし気になります。

でも、フィナは緊張しているのか、なかなか会話が続きません。

わたしが貴族の娘だと知ると、ほとんどの子供はわたしに近寄らなくなります。

ララにそのことを聞くと、不敬なことをして処罰されることを恐れていると言います。

わたし、そんなことはしませんのに。

でも、どうにかフィナからいろいろと話を聞くことができました。

年齢は10歳、わたしと同い年です。

ユナさんとの出会いは森でウルフに襲われたところを助けてもらったと教えてくれます。

「わたしが初めてこの街に来たとき、森で迷子になっていたのを助けてくれたのがフィナだったんだよ」

「そうですけど。わたしが森でウルフに襲われていたのをユナお姉ちゃんが助けてくれたんです。わたしは街に案内しただけです」

それから、ユナさんが倒した魔物をフィナが解体するようになったそうです。
フィナが解体できることにも驚きましたが、2人の関係が羨《うらやま》しいです。
フィナからさらにユナさんの話を聞こうとしましたが、睡魔が襲ってきます。
今日は早く起きて、ユナさんを待っていたので少し眠いです。
しかも、くまゆるちゃんの上が気持ちよくてますます眠気を誘います。
頭を何度か振りますが、耐えられませんでした。

「ノアール様、ノアール様」
誰かがわたしの名前を呼びます。
目を開けると、女の子がいました。確か、フィナです。
わたしは欠伸《あくび》をして現状を把握します。
ここはくまゆるちゃんの上です。どうやら、寝てしまったみたいです。
周りを見渡すと、ユナさんが食事の準備をしている姿がありました。
「ノアール様、食事にするそうです」
「ありがとう。わたし寝てしまったんですね
フィナは優しい子です。どうにか友達になれないかな。
王都までの道のりは長いです。絶対に王都に着くまでに友達になってみせます。
まずは共通の話題であるクマさんの話で友達になるきっかけを作りましょう。

ノベルス版3巻 書店特典② クマとの遭遇 エレローラ編

今日もお城の一室で真面目に仕事をしている。

面倒だけど、仕事だからしかたない。国王陛下の誕生祭が近いこともあって仕事も多い。

これは、あそこに回して、これはこっち。なんで、この書類をわたしのほうに回すのよ。

ああ、これはわたしが商業ギルドに行かないとダメね。

机の上にある書類を片づけていく。

最近、真面目に仕事をしているせいか、わたしに回ってくる仕事量が増えている気がする。

区切りがいいところまで終わったので、背中を伸ばして体をほぐす。

う〜ん、そろそろだと思うんだけどな。

この数日、同じことを何度も考えている。

近々、夫のクリフと娘のノアが王都にやってくる。２人に会うのはしばらくぶりになる。

会うのが楽しみでしかたない。

でも、なかなか到着の知らせが届かない。

すぐ会えるように、王都の門番にクリフたちが着いたら至急連絡するように命じてある。

職権乱用だけど気にしない。わたしの家族愛は止められない。

新しい書類に目を通しながら仕事をしていると、ドアがノックされる。

「どうぞ～」

書類に目線を置いたまま返事をする。

「珍しく仕事をしているようだな」

予想外の声がしたので顔を上げると、部屋に入ってきたのはこの国で一番偉い人物、国王陛下だった。

「失礼ね。わたしはいつも真面目に仕事をしているわよ」

「よくそんなことが言えるな。いつも文官たちが、城の中を捜し回っているぞ」

「少しぐらい自分たちで仕事をしないと覚えないでしょう。わたしなりの教育よ」

「それにしては最近は執務室にいるんだな」

「誰かさんの誕生祭のために忙しいからね」

嫌みたらしく言ってみる。こんなに忙しいのは、目の前にいる人物の誕生日のせいだ。

「まったくだ。わざわざ、誕生祭なんてやらなくてもいいのにな」

嫌みも通じずに同意される。

「それで国王陛下は、わざわざわたしが真面目に仕事をしているか確認をしに来たのかしら？」

「そんなわけないだろう」

国王は客人用の椅子に座り、アイテム袋から、小樽とコップを出す。

つまり、サボりに来たわけだ。

「少しならいいけど、休んだら戻ってくださいよ」

「えらく真面目だな。おまえらしくもない」

国王は、コップに飲み物を注いで飲む。

いつも休憩のときに飲んでいるお茶だ。

メイドにでも淹れさせればいいのに、抜け出すときはいつも用意してくる。

「近いうちに、夫と娘が王都に来るのよ。そのときのために、時間を作っておきたいのよ」

「それで、最近は真面目ぶっているわけか」

「それで、国王陛下は仕事をサボって、このようなところにいて大丈夫なの？」

「少しぐらい大丈夫だ。俺がいなくてもザングがいるからな」

ザングは国王がもっとも信用している腹心の一人。

いつも国王の尻拭いをしている、苦労人ともいう。

でも、国王に意見ができる数少ない人物でもある。

「ほどほどにしないと、倒れるわよ」

それでなくても、ザングは仕事量が多い。

まあ、それだけ国王が信用して、重要な仕事を任せているということだ。

「あいつは仕事が好きだから大丈夫だ。だが……それなら、あいつの仕事をおまえさんに回すか？」

　とんでもないことを言いだす。

　わたしだって、誰かさんの誕生祭のせいで仕事量が増えている。

　これ以上増えては困る。

「わたしが間違ってたわ。ザングは仕事好きだから、心配なんて必要なかったわね」

「おまえな」

　わたしが保身に走ると、国王は呆れ顔になる。

　ザングには悪いけど、わたしの平穏のためにも頑張ってもらおう。

　国王の相手をしながら、兵士たちの王都見回り予定表に目を通しているとドアが再度ノックされる。

　そのノックに国王が慌てている。

「俺を捜しにきた者なら、いないと言え」

　小声でわたしに言って、隣の部屋に移動する。

　もちろん、国王を捜しにきた者だったら、引き渡すつもりでいる。

　ドアに向かって入室の許可を出す。

「失礼します」

　入ってきたのは文官だった。

「なにかしら？」

「王都の門から、ノアール様が入都されたと連絡がありました」

「本当なの！」

やっと、到着した。

「ありがとう、下がっていいわよ」

わたしは文官を下がらせると、やりかけの書類にサインをして、次の書類に手を伸ばす。

今日中に確認しないといけない報告書はまだ残っている。

まだ、かなり量がある。

「帰っていいぞ」

隠れていた国王が出てくる。

「今日は帰っていいぞ。あとは俺がやっておく」

国王が机にある報告書を手に取る。

「娘が来たんだろう。今日ぐらいは早く帰ってやれ」

「今日は雪が降るのかしら」

仕事を抜け出してきた国王が、わたしの仕事を引き継いでくれるなんて珍しい。

雪じゃなくて槍が降ってくるかしら。

「俺の気が変わらんうちに行け。それに久しぶりに会う娘になかなか会いにいけなくて、ネチネチと愚痴を言われてもかなわん」

「それじゃ、お言葉に甘えさせてもらうわ」

「ああ、そうしろ」

今回は国王陛下にお礼を言って、部屋を出ていく。

国王陛下に仕事を任せたわたしは、娘に会いにいくために小走りになる。

娘に久しぶりに会える嬉しさに鼻歌が出そうになる。

家に向かって走っていると馬車とすれ違う。危ない危ない。

もうすぐ、家が見えてくる。

視界に我が家を捉えると、家の前に愛する娘が立っていた。黒い何かも映ったようだけど、今のわたしには最愛の娘しか見えない。

「ノ、ア、ちゃん！」

久しぶりに会えた娘を抱きしめる。少しは成長したかな。

ノアは驚いたようにわたしを見る。驚いた顔も可愛《かわい》いね。

しばらく、抱きしめながら娘を堪能したので、夫のクリフを捜す。

あれ、クリフがいない。その代わりに面白い格好をした娘《こ》がいる。

とっても可愛らしい格好だ。その横にはノアと同い年ぐらいの女の子がいる。

誰なのかしら。

娘によると、クリフは仕事が終わらないため、先にノア一人で王都に来たらしい。

そして、気になる女の子について尋ねる。

クマよね？

娘の側にクマの格好をした女の子がいる。可愛らしいけど、初めて見る。

話を聞くと、クマの格好した女の子は冒険者で、ここまで娘のノアを護衛してくれたそうだ。

このクマの女の子が冒険者？

私のもう一人の娘、ノアの姉のシアよりも小さい。

クマの格好をした女の子はユナちゃん。ノアと同じぐらいの女の子はフィナちゃんというらしい。

とりあえず、詳しい話を聞くために家の中に入ることにする。


部屋に案内すると、クマの女の子はクリフからの預かり物として、大きな箱と手紙をクマの手袋から取り出した。あのクマの手袋はアイテム袋になっているのね。面白い。

まず、手紙に目を通すと、クリフは仕事で来るのが遅くなることが書かれており、箱には国王陛下に献上する品物が入っていること、もし自分が遅れるようだったら、わたしから渡すようにとも書かれていた。

用向きのほかにはクマの女の子のことが長々と書かれている。面白いこと、冗談みたいなこと、首を傾げたくなること、開いた口が塞がらなくなることが書かれていた。

目の前にいるクマの格好をした可愛らしい女の子は見た目と違って優秀な冒険者だという。

わたしは手紙を読みながら、何度も目の前に座っているクマの女の子を見てしまった。

クリフが冗談でこのようなことを書くような人じゃないことはわたしが一番知っている。ってことは手紙に書かれている内容は真実ってことになる。

手紙を閉じると、まずは国王陛下への献上品、ゴブリンキングの剣を確認する。

これがゴブリンキングが稀に持っているといわれている剣。

ゴブリンキングが持つと禍々《まがまが》しさに恐怖するといわれているが、とても綺麗な剣だ。

このゴブリンキングの剣は、目の前に座っているクマの格好をした女の子から譲り受けたものらしい。

そんな凄いことができる女の子にはとても見えない。可愛らしいクマの格好をした変わった女の子としか思えない。

クリフからの手紙がなかったら、笑っていたかもしれない。

それから、ノアから話を聞くと、王都に来るまでにもいろいろとあったみたいだ。その話も信じられないことばかりで、困惑してしまう。

しばらくノアと話していると、シアが学園から帰ってくる時間になる。

そのことを話すと、ユナちゃんが疑わしそうにわたしを見始めた。あれは変なことを考えている顔ね。でも、何を考えているのかしら？

気になったので尋ねると、わたしが15歳の娘がいるとは思えないくらい美人で綺麗で若いと言う。

嬉しいことを言ってくれる。

いくつに見えるか尋ねてみると、25歳に見えるとか、こんな正直な可愛い女の子が、悪い子のわけがない！

そんなこんなで娘のシアが学園から帰ってきたみたいだ。

シアがユナちゃんを見たら、わたしみたいに驚くかしら？

ふふ。それにしてもクリフは、可愛い娘たちをよこしたものね。

ノベルス版3巻 書店特典③　クマとの遭遇　シア編

そろそろ妹が王都にやってくる。

久しぶりに会えるので、とても楽しみだ。

「シアさん、なんだか嬉しそうですね」

同じクラスの女の子が話しかけてくる。

「ええ。しばらく会っていなかった妹が、王都に来るので」

「それは、確かに楽しみですね。もしかして最近急いで帰っているのも、それが理由ですの？」

どうやら、最近早く帰っていることに気づかれていたらしい。

「気づいていたの？」

「最近、一緒に帰ろうとお誘いしようとしても、いつも急いで教室から出ていかれますから」

微笑《ほほえ》みながら言われる。

そんなところまで見られていたのね。恥ずかしい。

「ごめんなさい」

「お気になさらないで。シアさんが妹思いの優しい方と、知ることができましたから」

「それじゃ、今日は一緒に」

「ふふ、無理をしなくていいですよ。妹さんが王都に到着したあとに、改めてお誘いしますから」

「ごめんなさい」

再度、謝罪をすると、笑ってわたしから離れていく。

わたしは彼女の思いを無駄にしないように、今日も急いで帰る。

家に帰るとメイドのスリリナが出迎えてくれる。

いつも聞くように、今日も尋ねる。

「ノアは？」

「はい、先ほどお着きになって、談話室にいらっしゃいます」

わたしは談話室に向けて走る。そして、ノックもしないでドアを開けた。

「お母様ただいま！　ノアが来たって本当？」

ソファにノアが座っていた。

元気そうだ。

「シア、お客様の前よ」

ノアに抱きつこうとしたら、お母様に注意をされる。

「失礼しました。って、クマ⁉」

よく見ると、いえ、よく見なくてもノアの隣に座っているのはクマの格好《かっこう》をした女の子だ。

表現に困る格好だ。

今までに一度もこんな格好をしている人は見たことがない。

名前はユナ。

しかも、お母様の話によると冒険者であり、クリモニアから王都までノアの護衛として来たのだという。

そんなこと信じられるわけがない。

わたしが信じないでいると、お母様がクマの格好をしたユナさんと試合することを提案してきた。わたしはその提案を受けることにした。

これでもわたしは、同年代の女の子の中では上位の実力者だ。

こんな変なクマの格好をした女の子に負けるつもりはない。

……試合の結果は惨敗だった。

初めは、わたしが舐めていたこともあって、一瞬で懐《ふところ》に入られると剣を巻き上げられて顔の前に剣を突きつけられた。

わたしがもう一度、試合を申し込むと、彼女は申し出を受けてくれた。

今度は甘く見ない。ちゃんと相手を見る。

「お願いします」

わたしは、木剣を弾《はじ》かれないようにしっかりと握り締める。

でも、結果は同じだった。

試合を何度も何度も行ったが、わたしの剣は全て躱《かわ》され、相手の攻撃をいなすこともできない。

動きが速かった。目が追いつかなかった。一瞬で懐に入られて攻撃を食らってしまう。

強い。

どうして、こんなに速く、力強いの。

わたしは学園内でも強いはずなのに、手も足も出ない。

剣では勝てない。

だから、わたしは魔法の使用をお願いした。

実戦なら、剣だけではなく、魔法だって使う。魔法はわたしの力の一部だ。

ユナさんは魔法の使用を許可してくれた。

わたしは試合開始と同時に火の魔法をユナさんに向けて放つ。

躱されることは分かっている。わたしは魔法を放つと同時に剣での攻撃を仕かける。

でも、それも読まれているのか、簡単に防がれる。

だけど、わたしは諦めずに魔法と剣を繰り出す。

すでに分かっていたけど、ユナさん強い。強すぎる。

わたしはお腹を殴られて、膝をつく。

すると、お母様が試合終了を宣言した。

わたしはまだ戦える。

でも、お母様は力強い目でわたしを見る。

「そこまでよ」

わたしは素直に負けを認めた。本当にわたしよりも強い。こんな年下の女の子に負けるとは思わなかった。

「15歳だよ」

「……えっ」

わたしより身長が低かったので、年下かと思っていた。

まさか、同い年とは思わなかった。

それから、ユナさんについていろいろと聞いた。

ゴブリンから、オーク、タイガーウルフを討伐したという。信じられない！

でも、試合をする前だったら、鼻で笑ったかもしれないけど、試合の後だから頷ける。

それが事実なら、わたしが勝てるはずがなかった。

あれほどの剣の実力があり、さらに魔法まで使えるという。どれだけ強いのか想像もできない。

さらにクマの召喚獣までいるという。

クマの召喚獣を思い浮かべると、怖いイメージしか出てこない。

でもノアは、可愛《かわい》くて、触ると気持ちよくて、何度も背中の上で昼寝をしたと言う。

信じられない話だけど、妹の顔を見れば嘘《うそ》でないことは分かる。

今度、召喚獣のクマを見せてもらおう。

楽しみでもあり、怖くもある。


「あら、今日は早くお帰りにならないのですか？」

クラスメイトの友人が席にいるわたしのところにやってくる。

「昨日、妹が着いたからね」

「それはよかったですね。でもそれなら、なおさら早く帰らないといけないのでは？」

「今日は一緒に帰ろうと思ってね。約束でしょう」

「あら。わたしは嬉しいですけど、いいのかしら」

「もちろんよ」

わたしたちは学園の近くにあるカフェテラスでお茶を飲んでから帰ることにした。

「シアさんの妹さんはどんな方なんですの？」

「う～ん。お母様に似て、自由奔放かな。好きなことには首を突っ込み、なんでも楽しむことができるのがあの子ね」

ノアはお母様に似ていると、周りから言われている。

逆にわたしは真面目なところが、お父様に似ていると言われる。

別に真面目なつもりはないんだけど、周囲からはそう思われている。

「元気そうな妹さんですね」

「元気すぎるけどね」

「それで、久しぶりに妹さんに会えたのに、どうしてため息が多いのですか。てっきり、大好きな妹さんに会えなくてため息を吐《つ》いていると思っていましたけど」

どうやら、ため息を吐いているところを見られていたらしい。

「恥ずかしいわ。でも、そんなに多かった？」

「ええ、わたしが見るたびにしていましたよ」

昨日のことを考えると、どうしてもため息が出てしまう。

とても強いクマの格好した女の子のことを考えるとため息が出てくるのだ。

「それで、ため息の原因はなんですの？　妹さんが原因ですの？」

わたしは首を横に振る。

「王都に来るまで妹の護衛をしてくれた冒険者が、ちょっとね」

「嫌《いや》な方ですの？」

「ううん、とってもいい娘《こ》かな」

「いい娘って。女の子なの？」

「うん。わたしと同い年の冒険者」

「別に15歳で冒険者ってそんなに珍しくはないんでしょう？」

「そうだけど、強さが異常なんだよね。妹の護衛にこんな女の子をつけるなんてって怒って試合をしたの。でも、手加減をされて、しかも試合の結果はボロ負け」

「……えっ。シアさんがボロ負け？」

　信じられないというようにわたしを見る。

「うん、ボロ負けもボロ負け。攻撃しても簡単に躱され、相手の攻撃は避けることも防ぐこともできない。魔法を使っても、差は縮まらない。わたしってこんなに弱かったんだなと思うと、おのずとため息が出て……」

「信じられません。シアさんがそんなにボロ負けするなんて」

「詳しくは話せないけど、彼女の戦歴を聞けば聞くほど、わたしとの実力差を感じたわ」

「よく言うけど、練習と実戦経験の差なんでしょうか」

「そうだと思う。でも、どれだけ実戦を積めば、あんなに強くなれるか分からないよ」

「そんなに強かったんですの」

「たぶん、先生よりも強いと思う」

「………」

「もちろん先生が弱いとは思っていないよ。ただその子は、強さの底が見えなかったの。勝てるビジョンが見えなかった。先生なら、数年頑張れば五分五分の試合ができるとか想像ができるんだけど、その子の場合、それができない。さらには、まだ実力を隠しているみたいなのよね」

剣では手加減され、こちらが魔法を使っても相手は使ってこない。だけど本当は相手も魔法が使えて、召喚獣までいるという。差がどれほどあるのか分からない。

「その冒険者に会ってみたいですわ」

「会わないほうがいいよ。自分の常識が壊れるから」

「そう言われたらますます会いたくなりますわ」

妹の話をしていたのになぜか、ユナさんの話題で盛り上がってしまった。

ノベルス版3巻 書店特典④ クマさんとお城に行く フィナ編

うぅ、これからお城に行くことになりました。

なんでも、エレローラ様がピザを食べさせてもらったお礼に、ユナお姉ちゃんとわたしをお城の中へと案内してくれるそうです。

平民のわたしなんかがお城の中に入ってもいいのでしょうか?

エレローラ様に尋ねたら、「問題はないわよ。もし、フィナちゃんが何か言われたら、わたしが文句を言ってあげるわ」と怖いことを言います。

お城の中を見学できることになったわたしたちはお城に向かいます。

1か月前には考えもしなかったことです。

まさか王都まで来て、さらにお城の中にまで入れることになるとは思ってもいませんでした。

全てはユナお姉ちゃんに出会ってから変わりました。

王都に来ることができたのも、お城の中に入れるのもユナお姉ちゃんのおかげです。

わたしがユナお姉ちゃんを見ていると、微笑んで「なに?」と尋ねてきますが、「なんでもないです」と答えます。

本当に不思議な人です。

お城に到着すると、エレローラ様はお城に入るために、門兵が立っているところへと向かいます。

兵士の方は、先ほどから怪しむようにわたしたちのことを見ています。

もしかして、わたしの格好がおかしいからでしょうか？

やっぱり、平民だから？

近づくにつれて、視線はエレローラ様とユナお姉ちゃんに向けられていることに気づきます。

見られていたのはわたしではありませんでした。

兵士の方は、わたしたちのことを怪しむようにエレローラ様に尋ねています。

それに対してエレローラ様は少し声色を変えて、強い口調で兵士の方に答えます。

「わたしのお客様よ。お城の中を見せてあげようと思って。それがなにか問題でも？」

「いえ、そんなことありません。仕事ゆえ確認をしただけです。どうぞ、お入りください」

エレローラ様の言葉に兵士の方は一歩下がって敬礼をすると、入り口を開けてくれました。

エレローラ様、凄いです。

わたしが兵士の方に軽く頭を下げると、彼は「どうぞお入りください」と言って通してくれます。

兵士の方の横を通るだけでも緊張します。

無意識にユナお姉ちゃんのクマさんの手を握ります。それに気づいたユナお姉ちゃんはなにも言わずに微笑んでくれます。


お城の中に入ると、今まで壁で見えなかったお城の内側が視界に広がります。

とても大きいです。綺麗です。凄いです。もう、満足です。

でも、わたしの気持ちに反して、エレローラ様とユナお姉ちゃんはお城の中への歩みを止めません。

お城の中を歩くと、いろいろな人たちがわたしたちに視線を向けてきます。

視線の先はエレローラ様とユナお姉ちゃんみたいですが、一緒にいるとわたしも見られている感じがして、とても緊張します。

お城にはエレローラ様と同様に、働く貴族様も多くいると聞きました。

もし、不敬なことをしたらと思うと怖くなります。

わたしの行動一つで、家族が路頭に迷うことになるかもしれません。

お城を見させてもらっているからといって、浮かれてばかりもいられません。

でも、お城の中に入るなんて、二度とできない経験です。

シュリにお土産話をするためにもしっかりと見学をします。

お城の中はおとぎ話に出てくるような美しさでした。

いろいろなところに花が咲き、柱も床も綺麗です。お掃除とかは大変そうです。

そして、次に連れてこられたのは兵士が戦っている場所でした。

たしか、兵士や騎士が訓練する場所があるとノアール様が言っていました。

どうやら、ここを見学するようです。

兵士たちが剣をぶつけ合っています。かけ声や剣と剣がぶつかり合う音が大きくて、少し怖いです。

でも、エレローラ様とユナお姉ちゃんは平気そうに見ています。

2人は怖くないみたいです。

訓練風景を見ていると、エレローラ様がユナお姉ちゃんに兵士たちと訓練をしてみないかと尋ねます。

つまり、ユナお姉ちゃんが、ここにいる人たちと戦うってことでしょうか？

兵士のみなさんは強そうに見えますが、もし戦ったらユナお姉ちゃんが勝つイメージしか湧かないです。

おかしいです。

でも、ユナお姉ちゃんは断りました。

エレローラ様は残念そうにしていました。

わたしも少し残念ですが、もし戦って怪我をしたら大変です。

ユナお姉ちゃんが断ると、他の場所に行くことになりました。

訓練場から離れようとしたとき、ユナお姉ちゃんに抱きつく、小さな女の子がいました。

とても可愛らしい女の子です。

年齢は4、5歳ぐらいでしょうか？　とても鮮やかで綺麗な服を着ています。

今まで、お城で会ってきた人たちとは違う感じがします。

「これはフローラ様、どうしてここに？」

エレローラ様が、女の子の名前を敬称付きで呼びます。

つまり、この女の子は身分の高い女の子なのでしょうか？

考えられるのは、高位貴族です。

他にも考えられますが、怖くて口に出すことはできません。

そして、女の子と会話が進み、エレローラ様が聞きたくない言葉を口にします。

「お姫様のお誘いは断れないでしょう」

エレローラ様はお姫様と言いました。

聞き間違いではありません。

平民の女の子が憧れ、夢に見る存在。

ユナお姉ちゃんに抱きついている女の子はお姫様です。

わたしの目の前にお姫様がいます。触れられるほどの近い距離です。

もしわたしが、お姫様に不敬なことをすれば、家族全員が処刑されるかもしれません。

ユナお姉ちゃんは誘いを断ろうとしていましたが、断ることができずにフローラ姫のお部屋に行くことになりました。

えっと、わたしも行くのですか？

フローラ姫は、ユナお姉ちゃんのクマさんの手を握って歩きだします。わたしが困っていると、エレローラ様が手を差しのべてくれます。

わたしはエレローラ様の手を握り、歩きだします。

そして、フローラ姫はどんどんお城の奥に向かいます。階段もたくさん上りました。

すれ違う人たちがみんなわたしたちを見ます。

お姫様、クマさんの格好をしたユナお姉ちゃん、貴族のエレローラ様、平民のわたし。

こんなメンバーが歩いていたら目立ちます。

でも、誰一人話しかけてきません。

どれほど歩いたか分かりません。

もう、見学どころではありません。前を歩くフローラ姫が気になって周囲を見ることができません。

そして、ついにフローラ姫のお部屋に着いてしまいました。
うぅ、緊張します。
ここまでついてきてしまいましたが、本当にお姫様の部屋に入っていいのでしょうか？
そんなわたしの気持ちに関係なくドアは開き、中へと入ります。
すると、メイドさんが出迎えてくれます。
ノアール様のお屋敷でもお見かけしますが、これだけは慣れません。
反射的に頭を下げて挨拶をします。
「ひゃい、し、失礼します」
緊張で言葉がうまく出てきません。
それにいつもと違って体が重いような気がします。

部屋に入ったはいいけど、どうしたらよいか分かりません。
ユナお姉ちゃんはフローラ姫と一緒に机に向かい、絵本を読むそうです。
わたしはメイドさんに少し離れたテーブルに案内されます。
そのときに、メイドさんが椅子を引いてくれます。
「あ、ありがとう、ごじゃいます」
また、変な言葉が出てしまいました。
でも、メイドさんは笑顔で対応してくれます。

「いえ。それではお茶をお持ちしますので、お待ちください」

それからの記憶は、ほとんど残っていません。

お茶がどんな味だったのか。どのくらいの時間部屋にいたのか。メイドさんとどんな会話をしたのか。記憶が曖昧《あいまい》です。

ユナお姉ちゃんに名前を呼ばれて、帰る時間と知りました。

いったい、どのくらいの時間が経っていたのでしょうか？

お姫様のお部屋のことを覚えていないなんて、せっかくお城に連れてきてもらったのに残念です。

この本を読んでのご意見・ご感想・ファンレターをお待ちしております。
〒104-8357 東京都中央区京橋 3-5-7
(株)主婦と生活社 PASH! 文庫編集部
「くまなの先生」係

PASH!文庫
本書は2016年3月に当社より単行本として刊行されたものを文庫化したものです。

くまクマ熊ベアー 3

2023年2月13日 1刷発行

著　者　くまなの
イラスト　029
編集人　春名 衛
発行人　倉次辰男
発行所　株式会社主婦と生活社
〒104-8357 東京都中央区京橋 3-5-7
[TEL] 03-3563-5315(編集) 03-3563-5121(販売)
03-3563-5125(生産)
[ホームページ]https://www.shufu.co.jp
製版所　株式会社二葉企画
印刷所　大日本印刷株式会社
製本所　株式会社若林製本工場
フォーマットデザイン　ナルティス(原口恵理)
編　集　山口純平

 Printed in JAPAN ISBN 978-4-391-15921-9